AF305939

Hommage de l'auteur

LA

Paroisse de Sainte-Anne

Le Morne-à-Tuf

IMPRIMERIE DE L'ABEILLE
ANGLE DES RUES
DANTÈS DESTOUCHES ET MAGASIN DE L'ETAT
PORT-AU-PRINCE
—
1992

LA

Paroisse de Sainte-Anne

Le Morne-à-Tuf

IMPRIMERIE DE L'ABEILLE
ANGLE DES RUES
DANTÈS DESTOUCHES ET MAGASIN DE L'ÉTAT
PORT-AU-PRINCE
—
1922

DÉDICACE A MA MÈRE

————

*Cet opuscule est un acte de gratitude. Il
existe à Port au-Prince, sur la paroisse de
Sainte Anne, quatre associations littéraires
dont je suis le président d'honneur ou le
protecteur:* l'Association-Mixte de l'Œuvre
Chrétienne, l'Emulation, l'Avenir des Jeunes, l'Etoile de la Jeunesse. *Pourquoi pen-
se t-elle à moi la jeunesse du Morne-à-Tuf,
chaque fois qu'il s'agit d'une entreprise de
nature à élever son niveau intellectuel et
moral ?*

*Cette marque d'attention est un témoignage
d'estime donné au fils de ma mère. Je n'ai
par moi-même aucun droit à la reconnaisan-
ce de la paroisse. Puisque je vis de celle qui
n'est plus, j'apporte ici à sa mémoire véné ée
le pur hommage de mon cœur.*

*La causerie familière que je livre aujour-
d'hui à la Presse a été faite à l'Emulation le*

10 août 1919, quelques jours après la fête
de Sainte Anne. Je l'ai reproduite amplifiée,
le 28 juillet 1922, à l'Association-Mixte de
l'OEuvre Chrétienne.

J'ai voulu faire connaître à la jeunesse
actuelle du Morne-à-Tuf le passé de ce canton:
passé de joie, de souffrance et toujours d'espérance. Pour parler en témoin j'ai dû parler de moi. Pour présenter les origines j'ai
consulté surtout le Père Pouplard dont l'érudi-
tion est fortifiée par Dutertre, Labat, Duguet,
Nikolson, Moreau de Saint-Méry, Charlevoix,
Collot, etc. C'est à la bienveillance de Monsieur Crépin que je dois l'avantage d'offrir
au lecteur un ouvrage illustré. On ne trouvera
pas dans ces pages l'esprit de clocher mais
l'amour du clocher.

Je ne visite jamais le Morne-à-Tuf sans
éprouver une sensation de fraîcheur, un
apaisement. Là ont vécu mon père et ma
mère.

JÉRÉMIE.

Port-au-Prince, le 2 Août 1922.

LA PAROISSE DE SAINTE ANNE

Le Morne-à-Tuf

MESDAMES,

MESDEMOISELLES,

MESSIEURS,

Le jeune et intéressant président de l'E-
mulation, M. Dieudonné Pierre m'a commu-
niqué l'heureuse idée d'offrir une partie de
cette après-midi littéraire et artistique à
Sainte-Anne, la patronne du Morne à-Tuf.
Et il m'a fait l'honneur de me demander à
cette occasion un entretien sur la très-au-
guste aïeule du Sauveur.

Il est dans mes habitudes de ne rien

refuser à la jeunesse de ce qui est en mon pouvoir. Mais, pour retracer les vertus d'une sainte il faut plus que des études profanes. Vous accepterez que par un simple exposé de mes impressions personnelles j'ouvre de cette fête la partie que nous venons consacrer à l'épouse de Saint Joachim.

Quand j'invoque mes plus lointains souvenirs, je vois sur un autel orné de cierges allumés une petite statue d'une éclatante blancheur. Des hymnes s'élèvent avec l'encens. Et dans la chapelle emplie de parfum et d'harmonie apparait, autant que les yeux de l'homme peuvent la contempler, la splendeur de Dieu. L'artiste, qui fait parler le marbre, ne sait pas combien durable sera l'influence de son œuvre sur une âme d'enfant.

Dans la chapelle presque rustique, placée au milieu du cimetière, Monseigneur Guilloux, vicaire-général, venait chaque mercredi faire le catéchisme aux élèves du Morne-à-Tuf.

Sainte-Anne, déjà avancée en âge, fait lire les Ecritures à une enfant dont les traits angéliques résument tous les dons qui la remplissent. Après les mépris endurés à cause de son infécondité, elle voit dans son enfant plutôt le fruit de la grâce que celui de la nature. Dieu avait écouté les paroles de son cœur. Son humilité était grande, mais sa postérité allait être la plus puissante du monde. De ses souffrances, de

ses humiliations devait sortir le Sauveur du
genre humain.

Comment Sainte Anne est-elle entrée au
premier rang des femmes illustres ? Aucune
action d'éclat ne signale sa vie. Il est des
femmes qui paraissent dans les moments
difficiles pour entraîner les hommes au
combat et se couvrir elles-mêmes de gloire.
Il y en a qui laissent apercevoir leurs mains
dans les conseils de direction où l'on déli-
bère sur les intérêts de la patrie. Notre patronne, au contraire, joue un rôle effacé aux
yeux de l'historien avide de faits extraordi-
naires.

Sans l'œuvre surhumaine accomplie par
Jésus Christ, les théologiens n'auraient peut-
être pas cherché la généalogie de Sainte-
Anne. Ce qui nous ravit ici, ce n'est pas
de retrouver le nom de David, dont Stolanus
et Emérantienne, père et mère de Sainte-
Anne, ne se réclamaient pas par humilité.
Ce qui nous ravit, c'est la conservation dans
cette famille du dépôt sacré de la foi et de
toutes les vertus. Lorsque Emérantienne
allait consulter les cénobites du Mont Car-
mel, dont l'origine remontait à Moïse et à
Aaron, elle ne s'attendait pas à cette réponse
du vieillard Archos, inspiré de l'esprit pro-
phétique : « Ce sera à vous de nous instruire
bientôt sur le mystère de l'incarnation, car
c'est vous qui êtes destinée à commencer ce
sublime ouvrage. » De l'humilité la plus pro-

fonde devait surgir en effet la plus haute des gloires. Emérantienne n'a donné nais-sance qu'à deux filles, Isméria et Anne. De la première est sortie Elisabeth, mère de Jean-Baptiste le précurseur. La seconde, notre bien-aimée patronne, a mis le sceau à l'enseignement des Prophètes, en donnant naissance à la mère de la nouvelle humanité.

En réfléchissant sur la destinée surnatu-relle de la fille de Sainte Anne, on peut dire de sa mère qu'elle a signé les préliminaires de la réconciliation du ciel avec la terre.

Cette mère qui est parvenue à la renom-mée pour avoir consacré son héroïque obs-curité à l'éducation de la plus pure des vierges, est glorieuse par dessus toutes les mères.

Sainte Anne enseignant à lire, c'est la femme exerçant l'apostolat de l'enfance. Elle est sur l'autel l'éducatrice de l'humanité. Tout ce qu'elle ne fait pas directement sera accompli dans la lignée de ses descendants. La lecture du chapitre du livre de la Sagesse qui glorifie la femme forte suggère à son égard les réflexions les plus riches. L'ensei-gnement est la plus grande des œuvres. Il 'assure la perpétuelle reproduction de l'esprit. Si le Christianisme a commencé à la pro-messe de rédemption faite au premier couple humain, attristé de sa faute, il est de vérité et de foi que cette promesse ne serait point conservée à travers les âges sans enseignement. L'homme espère parce qu'il est enseigné.

L'éducation consiste d'abord à nous apprendre à aimer avec ordre. Le cœur humain, fait pour aimer, est soumis à l'épreuve d'influences diverses, souvent contraires. Il peut dévier, et il dévie bien des fois. Il est un âge où il devient léger, où le flot des passions le soulève. Dans ce désordre, désordre que le jeune homme trouve aussi beau que l'ode du poète, le cœur peut sombrer. L'éducation chrétienne prévient ce naufrage. Il ne faut inspirer aux âmes tendres que de saintes amours, et c'est la femme forte qui est appelée à remplir cette mission. Une jeune fille, Mesdemoiselles, qui s'inspire des vertus de Sainte Anne porte en elle la femme forte. Quand on sait se dévouer, se sacrifier, on possède la vraie puissance, on commande, on dirige. C'est son affection qui fait de Sainte Anne l'aïeule vénérée de l'humanité rachetée sur le calvaire. Jésus-Christ allait être sur la terre Dieu et homme à la fois. Laissons dans les profondeurs du mystère divin les opérations que la raison humaine ne saurait comprendre, pour n'envisager que l'homme dans le Christ restaurateur. Il a fallu l'incarnation dans sa personne de l'amour au plus haut degré. Le fils hérite de sa mère la plus noble partie de lui-même, son cœur. Par un effet de la nature coopérant avec Dieu, l'immense bra-

sier du cœur de Jésus a trouvé pour sup·
porter le poids de l'amour divin le cœur de
Sainte Anne transmis à Marie.

La femme élevée à cette école de tendresse
sera pour son époux une source de bienfaits.
Exemple vivant du courage et de l'abnéga-
tion, elle agit mieux que ne saurait le tra-
duire la langue la plus déliée, la plume la
plus fine. Le mari qui a le bonheur de possé-
der une telle épouse se surveille pour montrer autant de grandeur dans les jours
d'adversité. Il a autour de lui une atmosphère de force et de vie, parce que l'attention conjugale s'applique à dissiper tout ce
qui gêne l'élan du cœur. C'est ainsi que la
compagne de l'homme est sa bienfaitrice.
Ils sont heureux tous les deux et leur foyer
est la maison de l'entente et de la paix.

La compagne dévouée trouve chaque jour
des traits de génie, et elle ne s'en orgueillit
point. Pour elle, c'est chose toute naturelle
que de chasser une pensée triste, que de
ramener le courage. Aucun philosophe ne
vaut cette institutrice qui redresse, qui
corrige à tout instant un caractère déjà fait.
Sans la femme nous serions, quelque aima-
bles que nous paraissions au dehors, des
êtres insupportables. C'est à elle que nous
devons nos plus belles qualités. Elle nous
rend forts et courageux.

Beaucoup nous accusent d'exagération

quand ils nous entendent dire que la femme
donne à l'homme la force, puisque la force
est le caractère distinctif de l'homme. Ou-
bliez-vous donc, nous répondent-ils, que la
femme est l'aimable contraire de l'homme,
c'est-à-dire la faiblesse ? Comment peut-elle
donner ce que la nature lui a refusé ? L'ob-
jection ne nous intimide point. S'il s'agissait
de cette force qui soulève sans tenir compte
de la mesure, de cette force qui est répandue
partout dans l'univers, l'inconscient serait
plus puissant que cet être doué de raison
qui sait se jouer des éléments et les tenir
en captivité. Nous parlons, au contraire, de
la force morale, promotrice d'actions, conser-
vatrice du bien acquis. Si nous sommes des
producteurs de bonnes actions, c'est grâce
à l'éducation que nous avons reçue de nos
mères, à l'encourageante douceur de nos
femmes. Et si notre courage est fécond c'est
par les soins de nos compagnes qui ne gas-
pillent pas le résultat de nos efforts. L'homme apporte ce qu'il a gagné, mais c'est la
femme qui fait le trésor. Ce trésor, la rouille
ne le mangera pas, car il est sous la garde
de la tendresse conjugale. Dans les assauts
de la vie l'homme remporte bien des vic-
toires. Il revient au foyer domestique, enri-
chi par l'expérience. S'il n'avait pas une
femme pour s'approprier les avantages et les
faire fructifier, ces biens moraux acquis aux
prix de tant de souffrances seraient vite

dissipés. L'Ecriture compare l'époux à un guerrier qui va au combat et qui revient avec les dépouilles de l'ennemi. Ces dépouilles qui attestent son courage, il les confie à l'épouse. Voilà l'image de la vie, telle que la fait concevoir la présence de la femme fidèle, élevée par son cœur à la garde du foyer conjugal.

Une injuste prévention écartée, une rancune apaisée, une amitié reconquise, sont autant de butins qui font voir en chacun de nous un guerrier. La prédication par la femme du pardon et de l'oubli achève la victoire du mari.

Tout serait divin dans la mission de Jésus sans le rôle de Sainte Anne auprès de Marie. Le Père n'a pas voulu cacher son Fils dans une hauteur inaccessible à l'œil humain. La coopération de l'homme à son salut était nécessaire dans les desseins de la Sagesse éternelle. La perfection humaine de Marie par qui commence le mystère de la rédemption devait donc être l'œuvre de sa mère. Sainte Anne est la frontière placée entre l'Ancien et le Nouveau Testament C'est la plus grande des femmes de l'Ancien Testament après la mère commune du genre humain. Dans le Nouveau, sa fille donne à Eve la réhabilitation. Elle doit sa grandeur incomparable moins à sa maternité qu'à l'éducation qu'elle a donnée à sa fille.

.·.

C'est cette œuvre d'éducation que symbo-
lise sur l'autel la statue de Sainte Anne. Les
hommages apportés aux pieds de notre patronne ont présidé au mouvement scolaire
de 1860 à 1867.

Cette époque, c'était le printemps parfumé
qui cache les fruits dans les fleurs. Il y avait
dans le Morne à-Tuf de nombreuses petites
écoles qui étaient comme des essaims bour-
donnants. Là se distillait le suc de l'intelligence. A la sortie des classes, toutes ces
écoles enfantines se rencontraient sur la
place pour poursuivre avec des branches de
datura les papillons bigarrés qui s'en allaient
comme une mer houleuse dans la direction
du vent.

A la seconde moitié du jour, à cette heure
où le soleil s'apprête à éteindre ses feux à
l'occident, les cerfs-volants babillards se
croisaient dans les ais, et les gamins jubi-
laient dans leurs *coulés-crasés*.

C'étaient un luxe pour les familles de dire
que leurs enfants avaient passé par plusieurs
établissements. Pour ma part, j'en ai connu
cinq. J'ai été successivement élève de Genty
Espère, d'Alcime Espère, d'Evandre Espère,
de Normil Rebu, de Poméro Jean-Jacques.

Les Espère marchaient au premier rang. Ils
formaient une famille enseignante, — j'allais

dire sacerdotale, tant l'enseignement se confond avec le sacerdoce. Le père, Genty Espère, avait son école dans la Grand'rue ; Alcime se tenait rue Saint-Honoré, à peu près dans l'endroit où notre collègue Horatius Laventure fait ses leçons du soir. C'est chez Alcime que j'ai appris ma première récitation : « Bats le fer quand il est chaud. Pas à pas l'on va fort loin. » Pour les amis de mon père je récitais ma leçon. On applaudissait, et, pour me dérober à la vanité, je cachais mon front sur les genoux de ma mère. Numa, dont je n'ai pas visité l'école, demeurait rue des Abricots, là où est aujourd'hui Lupry Charmant, l'instituteur modèle. Evandre, celui qui m'a gardé le plus longtemps, tenait ses classes tantôt rue Trousse-Cote, tantôt rue Penthièvre, tantôt Grand'rue, à l'endroit où devait mourir plus tard notre poète national Oswald Durand. Comme son père et ses frères mon maître vénéré était graveur. Tandis que soûs le ciseau de l'artiste les paillettes de marbre jaillissaient en étincelles blanches, le vieil instituteur chantait le Décalogue. C'était sa prédication de chaque jour. Pour la lecture et les calculs élémentaires il s'époumonnait afin de bien faire entrer sa leçon dans la tête de chaque élève. Entre 8 et 11 heures, deux tasses de lait lui suffisaient. Mon maître, mon cher maître, était pauvre. Le matin. je sortais de la maison, mes livres et mes

cahiers sous le bras. Je portais aussi deux
bidons, l'un rempli d'eau pour moi, l'autre
de lait pour l'instituteur. Ainsi sans doute
mon père payait la rétribution scolaire, car
la vente du lait était le commerce de ma
famille. Ce commerce coûtait peu: nos vaches
avaient pour pàturage la Croix-des-Martyrs,
le Champ de Mars et le littoral jusqu'à la
rue Américaine.

Rien ne manquait à l'enseignement de
l'instituteur. Lecture, écriture, calcul, leçons
de bienveillance et de politesse: l'élève rece-
vait tout. Quand l'inspecteur des écoles était
annoncé, le maître se levait pour aller, le
chapeau à la main, le recevoir dans la rue.
L'hymne national était encore attendu. Mais
un chant quelconque saluait le départ du
grand personnage. Souvent nous entonnions
le *Domine salvum fac*. Dans les nombreuses
petites écoles chaque maître avait sa méthode; mais, par obligation, ils enseigaient tous
l'amour de Dieu, de la Patrie et du Chef.
L'alphabet à l'usage de l'écolier haïtien était
une plaquette illustrée, portant sur la première face de la couverture le portrait du
général Geffrard en cavalier superbe et saluant d'un geste satisfait son armée. A la
première page on admirait le pape Pie IX,
sous le règne de qui le Concordat avait été
signé avec le gouvernement de Geffrard. La
croix venait avant l'abécédaire.

Le président ne se contentait pas d'être

2

vu en portrait ; il allait en personne dans les marchés, sur les places publiques, exhorter les familles à envoyer leurs enfants à l'école. Il disait : « Quand j'étais petit, j'allais quelque fois à l'école en pantouffles, avec un pantalon rapiécé, ayant pour toute nourriture dans l'estomac une banane boucanée que j'avais moi-même mise au feu. » Le mensonge officiel était dans sa bouche pardonnable, car il voulait se montrer humble pour assurer la grandeur future de ses concitoyens. Nous apprendrons plus tard, quand nous ne serons plus sur les bancs, qu'il avait été l'officier le plus aristocrate de l'Empire, le maître de l'élégance. Un chapeau était réellement beau quand il était surmonté du panache Geffrard.

Les anciens habitants du Morne-à-Tuf racontent que c'était chez lui une coutume, alors qu'il était simple duc de la Table, d'aller dès l'aube s'asseoir avec Elie Dubois sur le pont de Léogane, à l'Ouest du fort Lerebours. Que se disaient-ils ces deux voisins ? que se promettaient ils ? Vous savez ce que la fortune a fait pour eux et ce qu'ils ont fait l'un et l'autre pour leur pays. Aujourd'hui c'est avec fierté que nous autres du Morne-à Tuf nous montrons la propriété de Geffrard et celle de Dubois. Un jour, la reconnaissance publique érigera, sur le rond-point sud-ouest de la gare du sud, un monument montrant Geffrard et Dubois unis pour le plus grand bien de la jeunesse.

Nous sommes maintenant plus avancés dans les lettres et dans les sciences ; mais, à cette époque-là, on avait plus profond dans l'âme le sentiment des besoins intellectuels. Le peuple a toujours eu l'instinct de ses réels besoins. Il n'a jamais refusé son estime à ses bienfaiteurs, à ceux-là qui se font le devoir de travailler pour lui, même au risque d'être frappés de désapprobation. L'estime du peuple n'est pas la popularité. La popularité est un bien mélangé qui peut être le partage du bon citoyen comme du courtisan le plus plat. L'estime du peuple, c'est le respect des humbles, c'est la reconnaissance muette souvent et qui proteste dans le cœur contre le dénigrement et la calomnie. Je les ai vus dans leur austérité respectée ces hommes d'autrefois qui marchaient à la tête de l'élite. Ils formaient comme un cénacle dans la Grand'rue. C'était un plaisir pour Dubois, Plésance, Innocent Célestin, faisant cercle autour du général Paul qui les dominait de sa taille ; c'était un plaisir pour ces hommes supérieurs de se réunir pour se consulter. Et la mère qui passait les montrait à son enfant : découvrez-vous. L'enfance respectueuse les saluait. Le recul du temps les rend encore plus grands à nos yeux, car ils n'ont eu pour ambition que la gloire de la patrie.

Comme tous les instituteurs d'alors, Evandre Espère avait pour méthode de faire épeler tous les mots de l'alphabet avant de le faire lire couramment. Le jour arriva enfin où je pus claironner la dernière phrase de ma petite histoire sainte à couverture rose : Pompée, général romain, profita de la démêlée pour soumettre la Judée à la domination romaine.

Ma mère, satisfaite des leçons du bon Evandre, le pria de me garder encore. Evandre me donna alors pour livre de lecture l'Ancien Testament. Je ne saurais dire quel écho ont produit dans mon âme les sentences de la Sagesse et les avis des Prophètes.

Ma mère avait des moments de mélancolie, sans doute créés par la longue convalescence de Camille, mon frère aîné. Son regard se voilait quand la cloche sonnait l'Angelus. Un jour je fredonnais le *libera* pour l'avoir souvent entendu sur les tombes du voisinage. Non, objecta-t-elle, les larmes dans la voix, si tu meurs on dira pour toi *laudate*. Elle priait beaucoup et semblait trouver sa consolation dans les choses tristes. Un soir, elle venait d'assister aux derniers moments du chantre de Sainte Anne, un vieillard que tout le monde appelait frère Jean. Elle nous dit : Je viens de voir mourir un saint. A l'heure du suprême délire, le vieux manchot, l'infirme vénéré, avait entonné son hymne de prédilection : *ô salutaris*, et il avait expiré en disant : *amen*.

L'enfant n'a pas de prétention, mais il a des rêves, et ses rêves feront le charme de sa vie s'ils sont suscités en lui par la vue du sanctuaire. Ma famille demeurait rue de la Révolution, là où est aujourd'hui le presbytère de Sainte Anne. Ce n'était pas cette grande maison à étage qu'à construite Monseigneur Bauger.

Le mur qui nous séparait du cimetière était très-bas à l'endroit où dormaient dans l'oubli les restes de l'immortel fondateur de l'Indépendance. « Ci-git Jean-Jacques Dessalines, âgé de 48 ans. » Voilà l'épitaphe que nous lisions sur un marbre d'un pied carré, légèrement soulevé par un oreiller en maçonnerie. Nos parents nous disaient que l'homme qui reposait là avait conquis pour nous la liberté. Rarement une bougie solitaire, allumée par quelque main pieuse, jetait sur cette tombe une triste lueur, symbole de la vie qui s'éteint pour renaître. Dans nos promenades à travers les tombes, c'était pour nous une joie de savoir que nous pouvions lire couramment les écritures rondes, gothiques, etc. Nous apprenions en même temps que les hommes les plus éminents de notre pays étaient fiers de se dire fils de femmes nées à l'Arcahaie, à la Croix-des Bouquets, dans un bourg quelconque.

Et le rêve du petit qui lisait était de grandir pour ériger un jour à sa mère un mausolée, témoignage durable de sa réconnaissance.

Mais, pour nous apprendre que l'homme n'est pas né pour nourrir seulement de douces espérances, un fossoyeur s'arrêtait quelquefois sur notre passage et se mettait à creuser une tranchée de six pieds de long. Alors il exhumait des chaînes soudées à des débris humains. Et, continuant à jeter avec nonchalance ses pelletées de terre, il murmurait : C'est un esclave. La tristesse s'emparait de mon cœur. Chaque fois que j'apportais ma douloureuse impression à ma mère. elle répondait : priez pour le mort.

Le maître ne veut pas que l'esclave soit libéré même en quittant cette vie. Mais il y a la communion des âmes qui fait que Dieu signe là-haut la liberté à ceux qui ont souffert et gémi sur la terre. L'asile des morts est une continuation du sanctuaire. Ceux qui acceptent dans un esprit de religion les luttes incessantes, les fatigues d'ici-bas, méritent le repos éternel.

Mes visites à l'église, mes promenades au cimetière, me préparaient à l'étude de la philosophie de l'histoire. C'était l'époque des pompeuses funérailles. Les premiers ouvriers de la patrie s'éteignaient et la nation, faisant cortège à leurs depouilles mortelles, les conduisait au tombeau. L'armée s'alignant en bataille sur la place ou dans la rue de la Révolution, les drapeaux s'inclinant, la fanfare et le canon jetant de concert le suprême adieu, tout nous disait quelle majesté incarnait l'idée de patrie. Les impressions de l'enfant influencent le jugement de l'homme.

Mais il survient dans l'existence de l'enfant des changements qui dépendent de la situation de ses parents. En 1866, ma famille alla prendre logement rue du Centre, à deux ilets de la chapelle. Nous voilà plus près des classes aisées, moins près de la paix et de la simplicité des mœurs. Une nuit, nous sommes réveillés par des coups de feu. Les tirailleurs en désordre envahissent le bureau de mon père, enlèvent tambours et clairons. Ils s'étaient mutinés contre le président Geffrard dont ils faisaient l'orgueil. Mais le lendemain ils allaient attaquer Prosper Elie au fort Lamarre et réduire l'insurrection des bourgeois, tant est grande la puissance de la discipline sur l'esprit du soldat. Geffrard, fatigué de lutter, quitte le pouvoir.

Ah ! que d'événements n'a-t elle pas vus mon enfance dans la rue du Centre qui conduit à la place Sainte-Anne. Aujourd'hui, c'est la publication du décret de bannissement qui met hors la loi bon nombre de citoyens ; c'est Nissage Saget acclamé président et justifiant son refus : « Nous sommes trois brigands : Salnave, Victorin et moi. Attendez les deux autres. » C'est Victorin Chevalier entrant à Port-au-Prince, entouré de ses *chemises rouges*. Demain, ce sera le gouvernement provisoire, ce sera la dicta-

ture. Trente quatre ans plus tard, un de ces
enfants dont l'imagination était vivement
frappée par les événements, sera à son tour
membre d'un gouvernement provisoire. Il
sera délégué par ses collègues pour aller
parler aux électeurs en tumulte. Il sera
reçu, dans la même rue et presque à la même place, au bruit du tambour et du clairon.
Un électeur exaspéré viendra brandir devant
lui un sabre recourbé et lui crier : A bas le gouvernement provisoire ! On avait maladroite-
ment fait feu sur l'assemblée primaire pour la
ramener au calme. Comment éviter dans la
vie des rapprochements de situation ! Dieu
nous permet de vivre pour montrer au présent ce qu'il tient du passé. Fermons la pa-
renthèse. Ce matin, ce sont les députés Brice
et Gousse qui viennent vider à coups de
révolver, au coin de la rue des Casernes,
en face de la Légation de France, une que-
relle commencée à la Chambre. Une balle
tombera sur la chaise où, deux minutes auparavant, était assise ma mère.

Ce midi, c'est l'affaire Léon Montasse. Dé-
lorme interpellé à la Chambre montera d'un
geste prompt sur la table des Ministres pour
mieux dominer l'assemblée tumultueuse et
pérorer à son aise.

Ce soir, ce sera le tour des femmes qui
suivent les tambours battant la retraite. Au
croisement des rues des Casernes et du
Centre, elles se sépareront en désordre pour

venir, au nom de la société, cribler les maisons où il leur semble voir des ennemis de Salnave. Demain, cette armée de femmes, en nombre grossissant, ira fermer la Chambre, et Salnave sera obligé de se présenter à cheval, cravache à la main, pour frapper trois coups sur la porte du palais législatif et prononcer la sentence : Chambre, vous êtes fermée.

Le courage haïtien allait être gaspillé en trois années de guerre civile. Cependant, nous regrettons ce temps où nous jouïons au soldat, où nous allions chez les tailleurs et les couturières ramasser les bobines et les retailles pour l'organisation et l'habillement de notre armée ; où nous allions à la cuisine prendre la plus belle plume de coq pour orner notre chapeau de général fait en liane-panier. Nous regrettons ce temps où, forteresse dressée contre forteresse, on se donnait l'attaque et la riposte à coups de canon Bois-maïs, chargé à poudre. Nous regrettons ce temps où les petits braves, au son entrainant d'une marmite, montaient, les bras tendus et les ongles crochus, à l'assaut d'une redoute bien gardée. Vous saurez plus tard que le feu, le feu maudit, devait détruire nos barils remplis de jouets militaires et d'ustensiles de guerre. Je ne vous invite pas pourtant, Messieurs, à regretter avec moi ce jour où, me croyant réellement soldat après avoir assisté à un déploiement de troupes, je suivis des volontaires qui sortaient de la cour du palais pour aller visiter l'habitation Drouillard à peine éva-cuée par l'ennemi. Vous auriez à respirer une odeur d'ambulance non désinfectée. Et, ce qui est encore moins désirable, vous auriez à accepter qu'on vous mette dans la bouche le goulot d'une bouteille de tafia qu'on se passe à la file: « à toi camarade ». Je ne sais plus qui a dit de l'enfance : cet âge est sans pitié. Oui, ce dimanche-là, nous avons, nous autres petits admirateurs inconscients d'une ère tragique, nous avons plongé nos parents dans une bien vive inquiétude, lorsque, après la messe, loin de rentrer à la maison, nous nous sommes mêlés à des hommes débraillés qui allaient en excursion sur un champ de bataille à peine déserté.

Mais j'entends encore le son d'un orgue de Barbarie que colportait un petit savoyard. L'âge de l'artiste ambulant dépassait à peine le mien. Il chantait aussi et le peuple chan-tait avec lui. Son air favori a inspiré au poète Ducasse Hippolyte des vers où il chan-sonne un de nos plus grands journalistes.

.·.

En 1868, j'étais suffisamment préparé pour entrer à l'école des Frères de l'Instruction chrétienne, installée rue de la Réunion, maison Aimé Jean Gilles. Un livre précieux : les Devoirs du chrétien, me fut mis dans les mains. Après avoir, chez Evandre Espère, écouté les précepteurs, j'allais suivre l'enseignement du Maître et me nourrir de sa doctrine. Le dimanche, j'étais fier de chanter le Credo à la Cathédrale. Dans toutes les églises, les enfants du père Lamennais sont admirés quand ils chantent le symbole de Nycée. Chez les Frères, grâce à l'enseignement pratique, l'élève de 10 ans pouvait rédiger un acte de vente, un contrat de louage.

On nous préparait à être utiles de bonne heure à nos parents, à être aussi de bons citoyens; car le Frère Supérieur avait devant lui son beau discours programme du 3 Octobre 1864, prononcé en présence du Ministre Damier : « Nous voulons qu'ardemment dévoués à leur patrie, pleins de respect pour ses lois et ses institutions, ils deviennent des citoyens généreux, disposés, s'il le fallait, à verser leur sang pour elle. . . . . .

. . . .

« La croix est non seulement le signe sacré de notre rédemption, mais encore le glorieux étendard de la vraie civilisation et de la véritable liberté. »

Dans cette école congréganiste professaient, sous la direction du Frère Supérieur Athénodore, les frères Yacinthe Jacob, Camille et Corentin. Là jouaient le rôle de répétiteur des élèves avancés, tels que Léys, Emmanuel Paul.

Messieurs, depuis le commencement de

cette conférence je n'appelle que des ombres. Ils sont tous morts ces défricheurs du
cerveau que j'ai vus en action jusqu'au mois
de Décembre 1869.

Puisque vous écoutez avec tant d'intérêt
le récit de mes souvenirs, je vous dirai que
je n'ai pas fait ma première communion à
Sainte Anne, mais à Notre-Dame de l'Assomption. Ce grand jour est venu pour moi
sans pompes, à l'approche de la semaine
Sainte. Après une retraite prêchée par le
père Le Bian, ayant pour sujet Adam et Eve,
je fus, en compagnie de mon frère, admis au
banquet sacré le jeudi 2 avril, à l'autel du
Sacré-Cœur.

La capitale n'avait pas cessé d'être un
foyer de conspiration et de révolte. Une
après-midi, le curé et ses vicaires étaient
au confessionnal pour entendre les renouve-
lants, quand on se mit à tirer sur la Ter-
rasse et dans toutes les directions. Ce fut
un vrai sauve qui peut. Notre mère venait
sous les balles nous chercher à l'église ;
elle nous rencontra rue de la Révolution,
devant l'école polymathique Villevaleix. Le
30e régiment passait au pas de charge contre
l'ennemi qui venait de libérer les prisonniers
et qui était maître de la rue du Centre. C'é-
taient des jeunes gens armés de pistolets et
de cannes à épée. Le commandant de l'ar-
rondissement, Florvil Hyppolite, cria : genoux terre ! et cependant fit tirer en l'air. Il

eut depuis la réputation d'un homme humain;
il devint candidat à la présidence.

Nous retournâmes dans notre ancien îlet,
au cœur du Morne-à-Tuf. Dans la nuit du 17
au 18 décembre 1869, la révolution des Cacos
opéra un débarquement à la capitale. Le jour
se fit sur un combat à bout portant. Les
obus pleuvaient sur la ville ; le Morne-à-Tuf
désolé fuyait à Bizoton, à Carrefour, partout
vers le Sud. Sur son habitation, entre la
Croix-des-Martyrs et le Morne l'Hopital, mon
père recueillit au moins deux cents personnes. Nos réfugiés étaient exposés à mille
dangers, car les Cacos cherchaient à faire
sauter la poudrière voisine. Chaque fois
qu'un projectile passait comme un oiseau
de proie, on se couchait. Les petits couraient
à la capture de l'engin meurtrier dénoncé
dans l'herbe par la motte de terre soulevée.
Avez-vous une idée du vacarme des mères
hélant leurs enfants?

Malgré le courage de ses partisans, courage dépensé durant trois années sur les
champs de bataille du Nord, de l'Ouest, de
l'Artibonite et du Sud, Salnave fut obligé, le
dimanche 19 décembre, de quitter le palais
national. Mais c'était un soldat de race, né
pour le combat jusqu'à la dernière cartou-
che, jusqu'au dernier sang. Il montait au
fort Alexandre pour continuer la défense,
quand il vit flotter au haut du mat le pavillon
blanc hissé par Séide Télémaque. Le palais

qu'il venait de quitter faisait explosion derrière lui. Le reste de la population, poussé par les flammes, venait vers nous « sans oser regarder en arrière. »

Le Morne-à-Tuf n'était plus qu'un monceau de cendres. Le lendemain nous étions sur les ruines. Ma mère pleurait. Enfin, nous dit-elle, faisons le tour. — Pour oublier son malheur on va contempler celui de tous. En face du palais détruit il ne restait que le tombeau d'Alexandre Pétion. Vers le Sud, sous le bayahonde, un indifférent écorchait en sifflant un bœuf qu'il avait trouvé là à demi rôti. Au fort Lerebours, Guerrier Macombe avait mis le feu au magasin à poudre. Il ne restait de lui qu'un buste carbonisé, projeté par l'explosion sur l'esplanade du cimetière extérieur.

A toutes ces douleurs il fallait une consolation. A la religion seule on pouvait la demander. La population en larmes se porta aux pieds de Sainte-Anne. Bien des cadavres laissés par les flammes et transportés par la charité publique, gisaient sur les tombes. Notre cimetière intérieur n'était plus la cité des morts dans la ville des vivants. Un destin malheureux avait tout détruit pour mieux faire apparaître, comme des remparts inexpugnables, les quatre murs de la nécropole, plus blancs que jamais. C'est là que revenaient en pèlerins les habitants qu'avaient chassés de leurs demeures les boulets et les flammes. Le peuple dans sa foi naïve invoquait *Grande* Sainte-Anne. Il croyait trouver la cause du désastre dans un sacrilège. Quelques mois auparavant un voleur était entré dans la chapelle la nuit. Il avait enlevé les vases sacrés et jeté les saintes espèces sur les marches de l'autel. Le sanctuaire profané était resté quelques jours fermé à la piété des fidèles.

La foi ramène le courage et rend ingénieux. Sur les ruines fumantes on s'est mis à rebâtir. Les plus pauvres couvraient leurs maisons en fer-blancs brûlés, même en taches.

Mais une journée d'inoubliable tristesse devait suivre ces jours de résignation. Au mois de Janvier 1870, Salnave, arrêté sur la frontière, entrait à Port-au-Prince, une main en écharpe et jetant sur la foule un regard morne mais profond. Il allait être condamné par le tribunal militaire, adossé au poteau rouge et fusillé sur les ruines de son propre palais. Le meurtre consommé, on criera : vive la Constitution de 67 !

Messieurs, il est dans les mœurs du peuple de poursuivre avec des huées l'homme vaincu qu'il saluait la veille par des ovations. Mais il est aussi dans ses rangs des âmes qui savent se dévouer à ceux que le sort a terrassés. Un soir, un homme passait, fredonnant un air de triomphe qui pendant la guerre avait servi de clôture à tous les amusements. Chaque fois qu'il arrivait aux notes

finales. adaptées à ce cri : vive Salnave ! il ne
prononçait pas le mot, mais il accentuait sa
tristesse. Enfin, il s'arrêta : « Et dire que j'au-
rais combattu encore pour lui. » L'enthousiasme soulevé par Salnave fait qu'on prononce
son nom partout où la bravoure commande
un acte désespéré. Quarante et un ans après,
un petit témoin de l'époque, devenu homme,
se trouvera à Vallières pour contempler vers
l'Est la plus haute cîme de cette région mon-
tagneuse ; on lui dira : c'est le morne Salnave. Il était hardi cet ancien chef de bataillon
des chevau-légers. On l'avait vu, suivi de
quelques audacieux, traverser en courant
Laxavon, Ouanaminthe, la Savanne-Longue,
le Trou et tomber sur le Cap où il allait sou-
tenir un siège de six mois. Vaincu, il devait
être porté quand même par la renommée au
faîte du pouvoir. Mais son arrivée à la présidence, signalée par des représailles, devait
faire de son gouvernement un champ de
combats meurtriers, du commencement à la
fin.

*
* *

L'incendie du 19 Décembre avait détruit
l'école des Frères et toutes les autres petites
écoles du Morne-à-Tuf. Ce fut pour nous la
perte la plus considérable. Beaucoup d'élèves
n'allaient plus retourner sur les bancs. Pauvres petits camarades ! ils commençaient
tôt à connaître les amertumes de l'inégali-

té sociale. On a toujours été chez nous charitable, mais la charité n'a pas toujours été organisée. L'explosion du palais n'a pas occasionné seulement des pertes matérielles irréparables ; elle a causé encore au point de vue moral un désastre que rien ne pourra compenser. Ce ne sont pas les plus intelligents qui arriveront, mais les mieux partagés selon la position de leurs familles. La rétribution scolaire était insignifiante. Mais il y a, dans tous les temps, des scrupules qui éloignent des grands établissements fréquentés par les classes aisées les enfants pauvres que leur timidité expose à des froissements peut-être involontaires.

L'incendie avait coïncidé avec l'époque où l'on prononce les grandes vacances. Ce ne fut pas pour nous un temps de désœuvrement, car l'enfant tue l'ennui; il se distrait, il court, il vole. On montait sur le morne pour contempler la ville en détresse ; on grimpait sur les arbres, et on redescendait dans le vallon avec un fagot de branches mortes. Nos parents eux-mêmes étaient soucieux, car l'avenir leur paraissait sombre.

Un dimanche, ma mère revenait de l'hôpital militaire où elle avait entendu la messe de 6 hs et annonçait avec joie qu'elle allait nous mettre à l'école de l'Archevêché. L'aumônier avait fait cette exhortation : « Mes amis, on dit que le Séminaire a été créé pour les riches, ce n'est pas vrai ; amenez vos enfants au Séminaire. » Quand il s'agit de l'éducation la mère décide, son intinct ne se trompe pas. Le père ne paraîtra que lorsqu'il s'agira de préparer une carrière au jeune homme. Le 1er lundi de février, ma mère, comme en unjour de fête, amena ses deux fils à la Cathédrale. Elle se prosterna devant l'autel de la Vierge, mon frère à sa droite, moi à sa gauche. «Mes enfants, priez, dit-elle, pour que le Séminaire soit votre dernière école.» A cette minute de conversation avec Dieu, j'ai vu le ciel ouvert, Sainte Anne s'est montrée dans mon imagination, faisant lire son enfant ; et, par un effet miraculeux, sans succession de temps, Marie, devenue mère à son tour, tenait dans ses bras l'enfant Jésus. J'ai reçu là une révélation : si enseigner est un acte de religion, apprendre est un acte d'adoration. C'est de Dieu que que nous tenons notre intelligence. Si nous faisons porter des fruits à ce qu'il nous a confié pour être cultivé, nous lui prouvons que nous l'aimons.

Dans la divine lignée de Sainte-Anne apprendre et enseigner est un seul et même acte. Lorsqu'il sera donné au peuple d'Israël d'aller entendre dans une synagogue Jésus au début de sa carrière publique, on le trouvera un livre à la main, commentant cette parole du prophète Isaïe : l'esprit de Dieu est sur moi.

Nous sortons de l'église Notre-Dame pour être, deux minutes après, à l'Archevêché. Là avait été recueilli le Petit Séminaire collège Saint-Martial. Les combats fréquents de Saint-Amand, situé entre Port-au-Prince et Pétion-Ville, avaient déterminé les Pères et les Sœurs de Saint Joseph de Cluny à quitter Lalue avec leurs élèves.

En 1870, l'école primaire ne formait pas ses élèves pour l'école secondaire. Quand nous sommes entrés au Séminaire, mon frère et moi, nous ne savions pas encore décliner *rosa*. Nous avons été mis dans la classe préparatoire. Nous avons retrouvé notre bon frère Corantin, armé de sa baguette de fusil pour les démonstrations au tableau. Cette baguette menaçait toujours les moins attentifs. Nous avons eu à revoir quelques matières. Mais j'avoue qu'on a été juste envers nous. Nous avons brûlé vite les étapes, et nos premiers succès nous ont longtemps maintenus dans l'esprit d'émulation. Les deux petits représentants du Morne-à-Tuf avaient promis à la Fille de Sainte-Anne de bien travailler.

*
* *

C'est le moment pour moi de vous dire que le Concordat de 1860 n'a pas trouvé le Morne-à Tuf à l'état de paroisse religieuse. Malgré la vive piété dont la chapelle était le centre, on y était comme on est aujourd'hui à Saint-Louis et au Sacré-Cœur de Turgeau. Sainte-Anne ne devait définitivement prendre

rang dans l'histoire des églises paroissiales
que dix ans après. En 1870, lorsque la révolution triomphante, fatiguée des représailles,
n'envoyait plus à la mort pour crime de
pillage et d'incendie les braves défenseurs
du gouvernement déchu ; lorsque se taisait
le bruit des salves d'artillerie saluant les
vainqueurs et les institutions libérales restaurées, fut'lu au prône l'arrêté érigeant le
Morne-à Tuf en paroisse, sous le vocable de
Sainte-Anne. Ce fut, le soir, une illumination
féerique. Le lendemain, comme en un jour de
grande Fête-Dieu, les oriflammes flottaient,et
chantaient *hosanna* dans les rues tapissées
de feuilles, sur les maisons en fleurs comme
des reposoirs. Vos mères, Mesdemoiselles,
ont vécu cet enthousiasme. Quand nait un
mouvement qui soulève, qui transporte, la
femme est au premier rang. Elle a comme
une prescience le sentiment des choses du-
rables. 1870 est pour nous la plus grande des
années. L'érection d'une circonscription en
paroisse produit des effets immenses, même
dans l'ordre temporel.

Les circonstances font la destinée des hommes selon leur disposition à y correspondre.
Peu de temps après notre arrivée à Saint-Martial, un grand changement s'opérait dans
l'établissement. La direction de l'école fut
confiée aux Pères du Saint-Esprit. Voilà à la
lête de l'enseignement qui se donnait au collège notre curé, le R. P. Simonnet, Supérieur

de la Congrégation qui administrait Sainte-Anne. C'était pour nous l'application de cette idée, que l'école continue ce que l'Eglise a commencé.

Dans les premiers jours de 1871 débarquaient à Port-au-Prince, pour venir prendre place parmi nos maîtres, deux de nos compatriotes récemment admis à l'exercice du Saint Ministère, les pères Bauger et Sainté.

Je vous dirai que le Père Simonnet ne nous a fait sentir sa prédilection que par l'empressement qu'il mettait à nous menacer de la jeanette au besoin. Il n'entendait pas que les fils de ses anciens ouailles fussent des enfants mal élevés. Si par malheur je méritais d'être condamné à la planche et au pain sec, je ne tardais pas à voir venir mon père sur sa mule grise. Il insistait pour que la punition fût doublée ; le Père Supérieur avait peine à lui faire entendre qu'une nuit suffisait. Mais les gâteries maternelles réservaient une surprise à la discipline scolaire. La clôture provisoire du nouveau domaine ne faisait pas toujours bonne garde. A l'heure de la récréation du soir, Félix, mon frère de baptême, venait me glisser quelque friture et quelque confiserie. Vers 10 hs, un autre complice allait encore déjouer la discipline en me jetant, du dortoir sur le palier, une couverture de laine. Mais il n'y a pas de sommeil pour le délinquant. J'étais obligé de me surveiller pour être debout avant le premier *benedicamus*.

Mon frère et moi nous étions externes, mais nous aimions tant l'étude et les petits jeux de la récréation, que nous étions d'une exactitude irréprochable. On réglait sa montre sur notre passage : Voici les enfants qui passent. il est une heure.

Cependant, peu à peu s'éveillait en nous le goût des curiosités historiques.

L'installation du Séminaire dans son domaine actuel, entre les rues Geffrard et Lamarre, avait changé notre itinéraire. La cour du Palais National par où nous passions pour raccourcir notre chemin nous présentait des attraits. Les poudrières, le fort Salnave, les bassins où jouaient encore les eaux, les statues, les lions sculptés dans le marbre, tout nous parlait des magnificences du temps passé et des misères du temps présent. Nous repassions dans notre mémoire les jours où les enfants profitaient d'une fête pour aller visiter les salons du Chef de la nation, et la transformation subite de 1869 qui permettait à un soldat de suspendre son havresac à une œuvre d'art du palais changé en camp retranché.

Permettez moi, Messieurs, d'anticiper sur la marche des événements. Il me tarde de vous dire combien Port-au-Prince doit au Séminaire.

En 1873, le feu détruisait un coin du Morne-à-Tuf. Le malheur de ce quartier pauvre a inspiré une des plus belles œuvres de pitié

sociale. Mon professeur, le père Weik, fonda
au Séminaire la Compagnie des Pompiers
libres. Cette initiative a suscité dans l'établissement un grand mouvement égalitaire.
Jusqu'alors les plus avancés croyaient avoir
une certaine supériorité sur les plus faibles.
Et à cela s'ajoutait une sorte de préjugé de
fortune qui, en dépit des bonnes manières,
faisait des groupements et des préférences
de relations. A la fondation de la compagnie
tout change. Des élèves de seconde se trouvent sous les ordres d'un gaillard de 4ᵉ,
nommé chef de pompe. Cet officier jouira
des déférences qu'on a pour les chefs. Après
un exercice vous aurez besoin d'un ami pour
vous aider à vous débarrasser de vos bottes
mouillées ; le plus robuste arrivera plus
vite. C'est au même pas qu'on court au feu,
c'est avec le même zèle qu'on opère le sau-
vetage. A côté du savoir classique il y a la
force corporelle, l'adresse, le coup d'œil. On
le reconnaîtra. Désormais les pauvres et
les riches se visiteront dans leurs familles.
La charité a fait cela. Ce n'est pas à tort
que les anciens séminaristes de 1873 sont
fiers de leur titre de pompiers honoraires.
L'origine de la Compagnie des Pompiers
libres est donc une page de l'histoire du Morne-à-Tuf.

.˙.

L'année même de sa création, la nouvelle

paroisse allait avoir ses confréries et ses maîtresses d'instruction. On les a vues rivalisant de zèle, Mademoiselle Zine Servincent, Madame Ephestion Sabourin, Madame Grangé et Madame Cadet Jérémie, ma mère. Ces pieuses femmes, préposées à l'enseignement religieux, ont formé d'autres maîtresses pour continuer dignement leur œuvre. Elles ont fait de nombreuses conversions dans les mornes de Fond-Ferrier.

Les faits dont je suis devant vous le narrateur seraient incomplets si j'attribuais à 1870 la création de toutes nos confréries. C'est au Morne-à-Tuf qu'ont eu lieu les premières réunions de la Confrérie des Mères chrétiennes de Port-au Prince. Dès 1868, le vicaire-général Monseigneur Guilloux, qui tenait tant à montrer que Sainte Anne est l'éducatrice des familles, avait groupé les dames pieuses de la ville dans la chapelle dédiée à notre patronne. En 1872 cette association prit la dénomination de Confrérie de Sainte Anne. En 1881 elle se transporta à la Cathédrale pour avoir un champ d'action plus vaste.

Mesdemoiselles, votre confrérie des Enfants de Marie est la sœur aînée de celle de la Cathédrale, que la paroisse de Notre-Dame nous montre avec raison comme une de ses plus belles fleurs.

Tertiaire dans sa vieillesse, ma mère, ne s'est permis qu'une vanité, celle de dire sou-

vent en montrant ses registres : J'ai conduit
à la sainte table près de deux mille personnes.
Chez elle une retraite était vraiment édifian-
te. A 4 heures du matin, au son de la cloche,
elle réveillait ses élèves en chantant l'angé-
lus.

La première communion exige des actes
préliminaires : reconnaissance et baptême
des enfants, union légitime de leurs pères et
mères. La tâche de ma mère était facilitée
par la profession de mon père : spéculateur
en denrées. Chaque semaine je m'attendais
à cette invitation de ma mère : Allez dire à
Roanez Bijou, ou à tel autre personnage du
quartier, qu'il aura à conduire un mariage
avec moi samedi. On allait à pied à l'église,
et la longue file des invités, tous des habitants endimanchés, était admirable à voir.
Peut on mieux faire pour la civilisation ?

Le curé était écouté. Vous saurez par le
trait suivant quelle autorité il exerçait. Un
jour, il vint dire à ma mère : « Il me faut
votre maison pour presbytère. N'enlevez pas
tous les meubles, laissez quelque chose
pour moi. » On déloge tout simplement,
sans discuter au préalable le chiffre de la
location.

L'arrivée du père Simonnet au Petit Séminaire devait exercer une profonde influence
sur les tendances de mon esprit et sur les
dispositions de mon cœur. J'allais faire avec
lui des voyages d'observation sociale qui

devaient m'être d'un grand secours dans l'étude des mœurs. Il faut à l'homme des connaissances variées ; mais chaque écrivain à une disposition particulière pour telle question qu'il n'a peut-être pas choisie mais qu'une circonstance a présentée à son attention. Le plus souvent c'est ce qui a fortement impressionné son enfance qui le dominera. Les grandes vacances de fin d'année étaient l'occasion favorable pour les chevauchées dans les mornes de Fond-Ferrier. Il fallait voir le père Simonnet dans la compagnie de ses auxiliaires de Sainte Anne. On traversait gaiement les cent une passes de la Rivière-froide, sans s'arrêter plus de trois minutes devant l'entonnoir légendaire du Bassin-bleu. On était vite de l'autre côté de la Grande-Rivière de Léogane. Les grappes retardataires des cafés en cerise flamboyaient au soleil, tandis que l'arome des fèves étalées sur les glacis se laissait humer par les poitrines avides d'air pur et fortifiant. On s'engageait dans les défilés, le sabot des chevaux sonnait sur les roches. Dans les vallées, sur les pitons, dans les gorges, sur les plateaux, ou se devançait sans observer l'ordre hiérarchique. Arrivé au sommet de la route serpentante, le moins gradé disait en souriant à son supérieur qui montait : Je te crache dessus.

On parcourait ainsi quinze jours les sections, visitant les chapelles relevées, restaurées. Les vieux glacis d'autrefois et les bassins en marbre donnent une idée de la somptuosité de la demeure coloniale.

Un abolitionniste raconte qu'un jour se promenant dans le cimetière d'une petite ville de France, il eut à lire l'épitaphe suivante : Ci-git N.... ancien propriétaire à Saint-Domingue. C'était, en effet, une marque de haute distinction d'avoir été colon dans la perle des Antilles. Quand est-ce que nous aurons la même richesse à la faveur du travail libre ?

Ce qui m'a le mieux impressionné, ce qui m'a fait un moment une âme de poète, c'est le quart d'heure passé au cimetière de Clémenceau. Sur ce plateau, toujours rafraichi par une brise délicieuse, on se sent près de Dieu. Ici, des rosiers illuminés de fleurs entourent les tombes rustiques. On croit lire sur cette terre du silence les dernières paroles de Mirabeau à son lit de mort : « Enveloppez-moi de parfums, couronnez-moi de fleurs pour entrer dans le sommeil éternel. »

A la limite de la paroisse de Sainte-Anne un tableau grandiose se découvre : c'est le morne La Selle, aveuglant comme un mont Sinaï. A droite, fume dans le lointain un navire qui entre dans le port de Jacmel. La ville, bâtie en emphithéâtre, descend lentement vers la mer.

Je rentrais à Port-au-Prince par Platon-

Dufrénée, la tête pleine d'histoires simples
Dans le cours des propos échangés à la table
des paysans, j'avais appris que le Père Supérieur avait une sœur religieuse et, que son
frère était mort à la chasse.

Je n'oublierai jamais ce récit d'une vieille
« de Laval : « Un jour, nous avons vu venir
« une robe noire à travers les sinuosités de la
« route.Elle paraissait et disparaissait. C'était
« un prêtre qui nous apportait pour la pre-
« miére fois dans nos montagnes sa bénédic-
« tion. La chapelle de Chauffar a été bâtie par
« le père Cheney. »

J'ai compris pourquoi dans la neuvaine à
domicile que suivait chaque famille au décès
d'un parent, on ajoutait à la mémoire du
défunt : Père Cheney, Père Pascal. Voilà deux
noms impérissables !

Mon frère et moi, nous entendions passer
nos vacances en promenades champêtres
Nous allions souvent à Carrefour Truitier,
et notre qualité de fils de maîtresse d'instruction nous permettait de descendre au presbytère. De la première chapelle bâtie par le
père Pascal il ne restait que des murs lézar-
dés. Les habitants de Carrefour racontent la
piété d'un jeune homme, frère de Madame
Balthazar Inginac, qui savait autrefois servir
la messe dans ce sanctuaire. Ce jeune homme s'est fait prêtre. C'est le père Bauger.

A peu de distance du presbytè e, à l'Est,
était la grande case de Mon-Repos, construite

par Inginac. Le portrait du général, fixé dans le mur, nous racontait une page de l'histoire d'Haïti : la tentative d'assassinat commise, pour raison politique, sur la personne de cet homme d'Etat.

Beaucoup ignorent encore que dans les premiers temps de la République, la ligne du Trou-Bordet était la zone préférée de la villégiature officielle. Le Président Pétion, propriétaire de Thor-le-Volant, avait appelé près de lui ses amis Sabourin et Inginac. A l'ouest, le phare de Truitier, penché comme une tour de Pise, attirait notre curiosité. Le fanal blanc et rouge était là, tournant la nuit pour indiquer au voyageur la route du port.

Tantôt nous allions visiter la grotte de Diquiny, tantôt nous allions rêver sous le grand chêne de Mariani, au bord de la source murmurante. On dit qu'aujourd'hui l'eau ne jaillit plus perpendiculairement pour retomber en panache dans un bassin naturel.

Pour nous exercer au matelotage nous savions revenir en canot au Fort Saint-Clair. Le débarcadère n'était pas tel qu'on le voit aujourd'hui. C'était un lieu de promenade, où l'on allait respirer la brise de la Gonâve, tandis que le vol lourd des oiseaux de mer rasait la plage. Les lames, passant à travers les palétuviers, venaient mourir sur un sable fin, sans vase. A côté du chantier maritime où les nautonniers exposaient leurs tentes au soleil et raccommodaient leurs filets, deux sources thermales racontaient mainte guérison.

Le Fort Saint-Clair a ses souvenirs héroïques. On y voit encore les petits fils de ces pêcheurs hardis qui allaient à l'abordage des vaisseaux lancés de Brest par Bonaparte pour rétablir l'esclavage dans la colonie de Saint-Domingue.

Le parapet de la vieille fortification rappelle un fait qui honore nos valeureux pères. En 1794, Sonthonax vint du Cap à Port-au-Prince libérer les blancs que Montbrun avait incarcérés par représailles. Pour échapper aux coups des mécontents qu'avait fait entrer la nuit dans la ville le vindicatif commandant provisoire laissé par Polvérel, Sonthonax abandonne l'hôtel du gouvernement et se réfugie au Fort Saint-Clair. C'est là que Hyacinthe et Pétion, avec une force respectable, sont allés lui offrir leur protection, prêts à reproduire, s'il le fallait, le spectacle désastreux récemment donné au Cap par Galbaud.

Le Supérieur ne perdait pas de vue ses élèves. Avant la rentrée des classes, le père François nous attendait à Pétion-ville. Ça me donne l'envie de dire que les Pères ont inauguré avec nous en Haïti le tourisme scolaire. Mais je me garde d'affirmer une simple supposition.

Les maîtresses d'instruction étaient de la partie. Ma mère allait descendre chez Madame Desrivières, qui était investie comme elle de la mission d'enseigner le catéchisme.

Tant de travaux apostoliques dans le champ du Seigneur devaient augmenter la moisson des âmes. La petite chapelle du cimetière ne pouvait plus contenir la foule des fidèles recrutés dans toutes les sections rurales. Il fallait une église vaste. Mais cette église devait avoir ses péripéties. Le projet de construction s'est promené autour du Marché Debout. On a cru un moment lui trouver une fixité en entourant le côté Est de la place où nous voyons aujourd'hui le kiosque. Un jour de fête-Dieu, un superbe reposoir attestait la prise de possession de la Fabrique. Mais on n'a pas le droit de compter sans la Commune quand elle tient à affirmer son autorité. La clôture fut démolie.

C'est alors qu'on s'est décidé à demander un coin du cimetière pour l'église paroissiale. J'ai eu la faveur d'assister à une délibération des confréries et des maîtresses d'instruction réunies en conseil. Il est sorti de ce congrès un acte hardi, la pétition adressée aux Chambres Législatives pour la désaffectation du cimetière.

J'ai eu l'honneur d'être chargé d'une liste pour recueillir, à l'appui de la respectueuse requête, la signature des notables du quartier. Je vous dirai, Mesdemoiselles, quelque chose qui vous émerveillera. Ce sont des femmes qui sont allées en délégation remettre la pétition au Sénat. Rien de grand ne s'obtient sans le concours des femmes.

On nous a donné la position N. O. Là se trouvent les restes du conventionnel Billaud Varennes, mort à Port-au-Prince le 13 Juin 1819. L'accusateur de Robespierre n'avait rien perdu de sa rigidité. Un témoin des derniers instants de sa vie dit de lui : Ses lèvres bleues et livides se fermèrent en murmurant ces paroles terribles du dialogue d'Eucrate et de Sylla : « *Mes ossements du moins reposeront sur une terre qui veut la liberté ; mais j'entends la voix de la postérité qui m'accuse d'avoir trop ménagé le sang des tyrans de l'Europe.* »

Les fondations creusées, il fallait des roches et du béton pour les assises de l'œuvre confiée à l'architecte Bréban. Au rond-point des rues de Bretagne et de Normandie, au Sud-Ouest de l'Hôpital militaire, se trouvait un blockaus. La pioche a démoli ce témoin d'un siège héroïque, et les débris de ce vieux souvenir ont servi à la construction de l'édifice de la paix. Les femmes ont été les chefs d'équipe de l'armée des terrassiers. Sans elles, ni le maître maçon Balançé, ni le maître charpentier Trésil Floris, n'eussent attachés leurs noms à cette architecture qui décore aujourd'hui la place Sainte Anne.

Permettez à mon cœur de dire adieu à la chapelle où j'ai présenté tant d'enfants sur fonts baptismaux, où les funérailles de bon nombre des miens ont été célébrées. J'ai vu là bien des miracles. En voici un. Coffi, forçat condamné à perpétuité, venait chaque matin nettoyer notre cour. Attiré par l'aumône, il prit enfin gîte à côté des écuries. Il était hydropique et ses pieds lourds le portaient à peine. Ce n'était plus qu'une chose ; la justice humaine n'en avait que faire. Un soir, ma mère lui dit : Coffi, allez à la messe. Le lendemain, revenu de la messe de 4 heures, le forçat reprit sa place habituelle et se mit à pleurer. La maîtresse de la maison, qui veillait à tout, lui demanda : Qu'avez-vous : « Ah ! madame, répondit-il, je suis un meurtrier. J'ai tué un jeune homme d'un coup de carabine et pour une plaisanterie. Il me semble encore voir sa vieille mère désolée couchée sur son cadavre. » Le criminel repentant fut pris d'une fièvre chaude. On l'envoya à l'hôpital. Deux jours après, un cercueil d'indigent passait. C'était Coffi. Il est mort pardonné.

∴

Quelles sont les circonstances qui ont fait ce cimetière et cette chapelle ? Il nous faudra remonter bien loin pour le savoir.

Vers 1696, un an avant l'expédition de Carthagène, les Flibustiers du Morne l'Hôpital et les habitants du Trou-Bordet demandèrent une chapelle. Ces conquérants du

littoral qui borde le golfe de la Gonâve étaient
des hommes de combat et de foi. Ils souf-
fraient de ne pouvoir fréquenter les deux
chapelles de la Petite-Rivière de Léogane et
du Cul-de-Sac, trop éloignées de leurs établissements. L'expédition de 1697 fut une
entreprise malheureuse. Après avoir ran-
çonné Carthagène, les flibustiers reprirent
la mer. A cette occasion la conduite de leur
aumônier le frère Pierre-Paul, administrateur
de leur chapelle, fut admirable. Il s'em-
barqua avec les blessés sur le navire ambulance. Bien des vicissitudes l'attendaient.
Malgré son refus de se séparer de ses chers
malades, il ne devait plus revoir Saint-Domingue. Privée de l'assistance de ce religieux qui portait si bien son titre de Supérieur général des Missions des Dominicains,
la succursale du Trou-Bordet devait disparaître, et après elle l'hôpital de Turgeau.
En 1711, l'église paroissiale s'érigeait sur
les ruines de l'ancienne chapelle et en l'honneur de Notre-Dame de l'Assomption.

Pourtant, jusqu'en 1749, Port-au-Prince
était une ville à l'état d'embryon. L'année
même où se réalisait le rêve des habitants
du Trou Bordet, une ordonnance du Roi de
France l'érigeait en capitale des îles sous le
vent. L'importance donnée à l'église paroissiale réclamait l'élargissement de Port-au-
Prince. Séparé de l'ancienne ville par la rue
d'Aunis, qu'on appellera plus tard rue Pavée

ou du Port, rue Dantès Destouches, le Morne-à-Tuf, l'ancienne habitation Breton-des-
Chapelles, devint la section Sud. En 1759, il
obtiendra l'autorisation de bâtir sa chapelle
à l'angle des rues du Centre et du Champ de
Mars ; mais ce ne sera pas encore la chapelle
Sainte Anne. Dans l'esprit de l'administration d'alors, la chapelle nouvelle, qui est
aujourd'hui une partie du Pénitentier général, devait remplacer celle de l'ancienne
ville. Mais les simples décrets ne changent
pas les habitudes. Le Morne-à Tuf ne fut
pas assez vite peuplé pour maintenir la pri-
mauté de sa chapelle. On reprit l'idée de
bâtir au nord la Cathédrale de Port-au-
Prince.

Le Père Pouplard, à qui j'emprunte ces
précieux renseignements, fait remarquer
que dans ce temps-là chaque chapelle avait
son cimetière.

« A l'époque de la construction de l'église,
en 1765, dit le R. Père, dans son instructif
ouvrage : *Notice sur l'Histoire de l'Eglise de
Port-au-Prince*, la Paroisse céda au Roi le
terrain de son cimetière, qui se trouvait à
proximité de celui de la Rue du Centre, et
qu'on allait abandonner. Il fallut donc choisir un troisième emplacement. Le terrain
choisi est celui que tout le monde nomme
aujourd'hui cimetière intérieur. C'est dans
ce troisième cimetière qu'en 1775, on trans-

porta solennellement les ossements **que** renfermait celui de la rue du Centre.

« En même temps, naissait, non loin **du** cimetière intérieur, une œuvre inspirée **par** le curé de Port-au-Prince. Ce curé était l'**abbé** Moreau, créole de l'Artibonite.

« Il sollicita des administrateurs : **MM.** d'Ennery et Vaivre, l'autorisation de fonder dans sa paroisse, une Providence, c'est-à-dire Hôpital pour les nouveaux **arrivés** d'Europe, jusqu'à ce qu'ils pussent se **procu**rer les ressources nécessaires pour **vivre.** Le produit des aumônes recueillies **par lui** devait en assurer le fonctionnement. »

L'autorisation fut accordée le 3 juin **1776.**

« Aussitôt après, continue l'auteur, **on** achète trois emplacements à l'endroit **même** qu'occupe aujourd'hui l'Hospice Saint **Fran**çois de Sales. »

L'établissement, qui ne comprenait qu'un seul pavillon, fut transféré à Lalue, à l'entrée du chemin qui conduit au Poste-Marchand.

« Enfin, c'est pendant l'administration **du** P. Duguet, et d'après une délibération **de la** paroisse, en date du 21 Novembre 1784, **nous** apprend le P. Pouplard, que fut construite **la** chapelle du Cimetière intérieur pour recevoir le mausolée du comte d'Ennery, mort à **Port**au-Prince le 16 Décembre 1776.

« Comme il était entendu qu'on **réciterait** l'office des morts dans la chapelle, **on y mit** un autel. L'inauguration solennelle du tombeau n'eut lieu que le 2 avril 1778. »

Les anciens habitants du Mort-à-Tuf croient que la statue qui surmonte l'autel est un don de l'impératrice Adélina, femme de Faustin 1er. Elle a été placée là plus de cinqnante ans après 1784.

Nous ne savons pas à quelle époque le cimetière a été clôturé. Je suis porté à croire qu'il l'a été bien longtemps après 1775 et qu'on a profité de l'occasion pour en restreindre l'étendue vers l'Est. Le cimitière de la rue du centre, cédé au Roi, arrivait jusqu'à la rue d'Orléans-rue de l'Enterrement-en face de la Place Pétion. Le nôtre a dû s'arrêter au même alignement. Pour faire le mur côté E on a brisé des tombes. Il existait autrefois sur la propriété de ma famille des prolongements de travaux à la base du mur. J'avais coutume de lire des épitaphes gravées sur des pierres taillées en demi-lune. J'étais trop jeune pour penser à copier ces inscriptions.

Le Morne-à-Tuf a commencé de bonne heure la pratique des œuvres de religion et de philanthropie.

Lorsque, au tomber du soleil, vous faites votre promenade à flanc de côteau sur le chemin des Dalles de Martissan, bordé de fougères et de plantes aromatiques, un panorama superbe, se découvre à vos yeux. Le Belair orgueilleux regarde de côté la baie de Port-au-Prince, toujours calme et sûre, prête à

recevoir toutes les flottes du monde, tandis
que plus loin s'étend, majestueuse, la chaîne
de montagnes qui sépare l'Arcahaie des régions fertiles de l'Artibonite. La capitale
bruyante qui commence à s'assoupir descend
doucement comme au fond d'une baignoire
pour venir se reposer au pied de la montagne, Vous êtes sur l'ancienne habitation Phi-
lippeau. Au Cadet est aujourd'hui son nom.
A la courbe Ouest de ce premier mamelon la
vue, brusquement, devient tout à fait champê-
tre. Vers le Sud quelque chose vous regarde
comme une porte cochère endommagée par la
foudre. C'est une grotte. Ça et là des pana-
ches de fumée s'échappent du rouge sombre
des fours à chaux en activité. Entrez dans
la montagne. Vous trouverez des réservoirs
presque intacts en certains en droits. Ici,
vous glissez sur une mousse séculaire ; là,
dans le creux du ravin, un arbre géant dis-
simule à peine à travers ses racines des
pierres qui attestent que la main de l'homme
les a marquées. Ces bassins étaient autrefois
des viviers où les Flibustiers conservaient
les meilleurs fruits de leurs pêches. On pré-
tend que ceux qui se nourrissaient de la
chair des poissons élevés dans ces viviers
étaient immunisés contre la fièvre jaune.

L'hôpital des Flibustiers comprenait donc
tout Turgeau qui s'arrêtait au mur du palais
national actuel, toute la zone du Morne l'Hôpital qui est baignée par la brise de Pétion-

Ville. Il y avait une maison principale dans les environs de la source, mais toute la région était un séjour de santé. Il est donc indiscutable que le morne ne tient pas son nom du vieil hôpital militaire où est logée l'Ecole de Médecine, mais de l'établissement des des Flibustiers. Ces premiers fondateurs de Saint-Domingue avaient reconnu quels avantages on pouvait tirer de l'état sanitaire des lieux. Une fois que ces coureurs des mers étaient devenus des hygiénistes, il était difficile de les arracher aux agréments de la vie stable.

Ce changement de mœurs suscitera contre eux la jalousie. Tous n'obéiront pas à la réquisition du gouverneur Ducasse qui les invite à aller faire butin dans la Nouvelle Grenave. Pour les punir d'être des hommes indépendants on voudra faire de leur hôpita un établissement de l'Etat. Ils refuseront, aimant mieux disparaître avec leur œuvre.

L'histoire du Morne l'Hôpital serait sans intérêt dans cette conférence, si elle n'était intimement liée à l'histoire religieuse de Port-au-Prince. Ce sont les Frères Prêcheurs, connus sous le nom de Franciscains, qui ont administré l'hôpital. Et, en 1707. l'établissement a cessé d'exister avec leur influence évanouie.

Nous avons vu s'exercer le double rôle de la religion faisant leur part aux morts et aux

vivants. Nous savons maintenant que le cimetière a été fait en 1775 et que 9 ans après, on
a bâti cette chapelle pour honorer la mémoire d'un sage gouverneur. On dit qu'avant
l'administration du comte d'Ennery-le peuple raconte tant de choses par tradition-les
esclaves de la section sud n'avaient pas le
droit de traverser la ruelle qui s'appelle
aujourd'hui rue d'Ennery.

Mais il nous reste à savoir si la chapelle,
dès le début, était sous le vocable de Sainte
Anne.

Aucun document ne nous l'apprend, mais
tout l'affirme. La terre de Saint-Domingue a
été présentée aux fonds baptismaux de l'histoire sous la protection de la Mère de Dieu.
A mesure que l'on débarque dans les anses et
que l'on crée des bourgades on invoque le
nom de Marie. Les Espagnols donnen;
l'exemple. En 1504, Santa Maria del Paz émer-
ge. En 1520, Santa Maria del Porto s'étend su·
tout le pays que nous appelons la Côte.
En 1693, Notre Dame du Rosaire sera maîtresse de la Croix-des-Bouquets et de toute
la Plaine du Cul-de-Sac. En 1711, Notre
Dame de l'Assomption sera la Souveraine
de la future capitale et de toute la division
paroissiale ayant pour limite d'un côté, la
rive droite de la rivière du Lamentin, et de
l'autre, les paroisses de l'Arcahaie et de
Mirebalais. Il était raisonnable qu'on pensâ
à la femme éminemment vertueuse qui a

donné au monde cette fleur incomparable de beauté et de sainteté.

Lorsque, en 1764, on prenait la décision de rebâtir près de la place de l'Intendance l'é. glise paroissiale et de laisser vide l'église du Morne-à-Tuf, on a dû se promettre de saisir la première occasion pour donner une compensation à la nouvelle ville. L'occasion s'est en effet offerte ou bien en 1784, année de la construction de la chapelle, ou bien quatre ans après, le 2 avril 1788, le jour même de l'inauguration du tombeau du comte d'Ennery.

Dans les pays de la chrétienté un monument funéraire a une double signification : Il dit qu'il renferme une partie de nos affections, et il invite le passant à prier pour le mort.

Dans une ville de la catholique Bretagne, la fête de Sainte Anne est la fête de la miséricorde Qui peut mieux garder un tombeau si ce n'est le cœur donné à la misère ?

Et si quelqu'un m'accusait de faire de ma sensibilité une preuve, je soumettrais à son examen la délibération du 21 novembre 1784 où il est dit que l'office des morts serait récité dans cette chapelle.

Ah ! je me rappelle le temps où chaque année, à la Toussaint, on venait processionnellement bénir les tombes, les orner de cierges, de couronnes, de fleurs, et chanter le *misèrere* dans la chapelle. Dès le soir du 1er novembre, chacun venait donner trois

coups de cloche pour ses parents défunts.
Eclairée par cinq mille bougies, la tombe uni·
verselle, l'ossuaire qui n'est plus, était comme une invocation tangible de la lumière
éternelle.

Quelques-uns pensaient que cette grandio·
se manifestation de foi était une supersti-
tion haïtienne. Peu à peu la coutume perdit son
caractère religieux jusqu'à devenir une cause de désordre. Un soir, tandis que la foule en
prière emplissait le cimetière, un malotru
s'approcha non pour sonner le glas, mais
pour mettre la cloche en branche et sonner
le carillon. Ce carillon était la fin d'un passé
de respect, de vénération. Puisque le jour
des morts tout est silence maintenant dans
la Chapelle, pourquoi la cloche persisterait
elle à chanter le *libera* !

Messieurs, je serais coupable de complai·
sance si je disais que notre paroisse n'a
jamais connu de régression sur aucun point.
A sa création, une grande ferveur gagnait
les âmes. Mais c'était la rencontre des es·
prits mortifiés sur la· route de la pénitence.
Un très-petit nombre apportait l'innocence
à l'autel. Plus de grandes personnes que
d'enfants se présentaient au banquet. Vous
en trouverez la cause si vous vous rappelez
ce que je vous disais il y a un instant :
l'incendie du 19 Décembre avait dispersé
toutes les écoles du Morne-à-Tuf. Quelques-
unes s'étaient péniblement reconstituées.

Le Père Maistre a vu où était le mal. Il a poussé un cri en faveur de la jeunesse et de l'enfance. Lorsque Monseigneur Guilloux est venu parcourir à pied nos îlets pour se rendre compte de la fréquentation scolaire, il n'a pu visiter à la place de cette pépinière autrefois si riche, que 9 écoles catholiques fréquentées par 371 enfants, dont 172 filles.

Soutenu par l'Archevêque, notre curé a demandé deux écoles congréganistes, l'une de garçons, l'autre de filles. Le vœu cher à son cœur ne devait se réaliser qu'après sa mort. L'école des Frères a été ouverte en 1881, et celle des Sœurs en 1888.

Il n'est de progrès constant dans l'ordre moral que là où l'Eglise et l'école agissent de concert.

Messieurs, je serais embarrassé s'il me fallait désigner à votre admiration, à votre reconnaissance, tous les curés qui se sont succédé dans notre paroisse, du père Simonnet à Mgr. Bauger. Tous, ils ont été des hommes de piété et des hommes d'œuvre. Si vous voulez vous faire une idée de la vénération dont ils ont été l'objet, venez avec moi jeter une fleur sur la tombe du regretté père Maistre, mort à la tâche. Un marbre blanc, dû à la piété des fidèles et à l'initiative de la présidente des enfants de Marie, mademoiselle Octavie Sabourin, vous montrera cette vénération mieux que ne saurait le faire le conférencier.

*
* *

Dans une ville chaque quartier a un caractère qui lui est particulier par son passé, son travail et ses mœurs, en un mot, par sa culture. Beaucoup ne comptent avec le Morne-à-Tuf et le Belair que dans les temps où il s'agit de disposer du nombre pour s'assurer la victoire. Mais on n'apprécie pas assez] les sentiments nobles qui résident dans ces quartiers populeux. Là les mères se sacrifient pour leurs enfants. Et lorque nous nous découvrons avec un religieux respect devant ces humbles femmes qui nous ont donné avec le lait le substantiel amour, c'est à Dieu que nous rendons hommage.

∴

Placé sous le vocable de Sainte Anne, le Morne-à-Tuf jouit d'un illustre patronage. Si cette paroisse offre une société si florissante par ses jeunes filles, par ses femmes vertueuses, c'est à sa patronne qu'elle doit une telle faveur. Il y a dans le Morne-à-Tuf quelque chose d'urbain et de rustique à la fois. On n'arrivera pas à eu faire un centre de luxe. Il reçoit le courant qui descend de la montagne. Là, réellement, toutes les conditions se coudoient. On a devant soi une simplicité qui pousse à l'altruisme. Non, le

Morne-à-Tuf ne peut pas être un boulevard
luxueux. Sa position topographique s'y op-
pose. C'est le quartier du labeur. Dès l'aube,
les habitants des mornes traversent ses rues
pour se rendre au marché avec leurs denrées et les produits de leurs petites indus-
tries. Au coucher du soleil c'est l'exode de
ceux qui reprennent les sentiers qui mon-
tent. L'habitude nous empêche de voir toute
la beauté de ce tableau. Mais, pour peu
qu'on réfléchisse sur la diversité des œuvres
dans la vie utile, on est pris d'attendrisse-
ment à l'heure où ces pauvres paysans défi-
lent en une longue trainée de misère pour
aller reposer leurs membres fatigués. Il y
en a qui restent, par un effet de cette loi de
l'attraction qui veut que le travailleur fasse
une halte à mi-chemin. Ils se tiennent sur la
frontière, toujours prêts à rentrer chez eux.

Le lieu fait l'ouvrier, l'occupation fait le
caractère. Assis sur le littoral, le Morne-à
Tuf se portera au genre de travail que pro-
cure la mer. Au lever de la brise, il ira, toutes voiles au vent, le harpon à la main,
poser la seine et la nasse sur les flots
nacrés, et le soir il reviendra, chargé d'une
riche provision.

Messieurs, vous avez une œuvre immense
à accomplir. Ecoutez la parole du petit Fils
de Sainte-Anne, le grand Prophête de l'immortel avenir. « Avancez en pleine mer et
jetez vos filets. »

La matière première qui est à la portée de la main, l'écorce du manglier, a créé ici la double industrie du corroyage et de la cordonnerie.

Le rôle d'un pareil quartier est extrêmement intéressant. Il présentera en plus d'un endroit un aspect lamentable, mais il sera dans son ensemble un centre éducateur. Là s'épanouiront toutes les œuvres de charité ou d'assistance. L'Hopital militaire, les Hospices Vincent de Paul et François de Sales, l'Asile français, seront sa parure. Là aussi se donnera l'enseignement professionnel. La Maison Centrale des Arts et Métiers, la Polycliniqhue Péan, l'Ecole Normale de Jeunes fillés, les Ecoles du Batiment et de l'Industrie, seront intallées dans le vieux quartier universitaire où furent fondés le Lycée Pétion, l'Ecole de Médecine et l'Ecole de Droit, l'Ecole Wesleyenne et l'Ecole Lancastérienne.

Je tais à dessein la coquetterie de quelques coins du Morne-à-Tuf. Turgeau, Bois-Chène, Belle-vue, Peu-de-chose, Bolosse, anoblis pas la richesse, ne renient pas tout à fait leur origine ; mais ils sont gênés d'en entendre parler.

Pétion-Ville est fille du Morne-à-Tuf. Elle doit sa prospérité au grand mouvement de civilisation que les prêtres de Sainte Anne ont fait rayonner autour d'eux. Ces missionnaires bretons, ayant pour limites Léogane et Jacmel, chérissaient leur paroisse qui était placée sous la protection de Sainte Anne, la patronne de la Bretagne. Ils avaient retrouvé dans les beaux sites de Berly, Coupeau, Laval, Lajonchère, Bongar, Malanga, Clémenceau, Furcy et Kinskof, les souvenirs poétiques de la vieille Armorique. La Congrégation du Saint-Esprit, comme je viens de vous le montrer, avait alors mission d'administrer cette partie de l'Ouest. Les maîtresses d'instruction religieuse étaient en quelque sorte pour les pasteurs des coadjutrices dévouées. Elles s'accompagnaient dans les pérégrinations qu'elles faisaient, à l'instar des prêtres, pour la conversion des campagnes.

Les administrateurs coloniaux du 18e siècle avaient ici pensé à la patrie du labeur et de la poésie qui devait nous envoyer ses missionnaires. La rue de Bretagne nous redit la vive impression exercée sur leur esprit par ce quartier du Morne L'Hopital. Et de nos jours c'est sur cette rue que l'énergie et la ténacité bretonnes ont érigé cette vaste institution de charité et de science, connue sous le nom de Saint François de Sales.

Si un jour l'Eglise veut baptiser d'un nom le centre religieux qui comprend le Sud de la capitale jusqu'aux Anses-à-Pitres, à l'Orient, et jusqu'à Gressier, à l'Occident, elle l appellera la région de Sainte Anne.

⁎⁎

CHERS AUDITEURS

La course que vous avez bien .voulu faire avec moi exige un repos. Mais où pouvons nous mieux nous reposer qu'à l'ombre de Sainte Anne. Cette dont le petit Fils nous appelle ses frères est notre grand'mère. Puisqu'elle est la langue des muets, elle par-lera pour nous là où nous ne pouvons pas élucider le problème compliqué de l'éduca-tion qui va encore nous prendre quelques minutes.

L'apostolat de la femme est si grand, que le Maître qui incarnait en lui la science di-vine sur la terre, a dit à ses disciples : Lais-sez venir à moi les petits enfants ; le royau-me des cieux est à ceux qui leur ressem-blent. L'enfant, premier objet de l'enseigne-ment, mérite une sollicitude constante. Donnez lui votre cœur, et vous recevrez en retour toutes les récompenses et toutes les joies. Si vous ne détournez pas votre atten-tion de l'enfance vous verrez combien sont sublimes les desseins de Dieu. Pour écarter de toute présomption l'enseignement de l'en-fance il l'a confié au sexe le plus faible, par conséquent le plus soumis.

Dans l'œuvre de la restauration humaine **la femme est le premier apôtre.**

C'est l'homme de la **chute** qui doit être transformé en un homme nouveau, et la transformation ne s'accomplira pas sans lui. Plus il avancera dans la coopération à l'œuvre de son relèvement, **plus il aura besoin** de volonté. Mais il est **vrai** que plus tôt on a commencé à pratiquer une œuvre, **plus** apte ou devient à la **parfaire.** La tâche que l'homme est appelé à accomplir sur lui-même est si attachée à sa destinée qu'il la trouve à son berceau. Et la mère qui fait éclore avec le premier sourire la première pensée, est l'apôtre dont la prédication se répercutera à travers la vie de l'homme en travail de régénération. La mère a donc la plus redoutable responsabilité. En pétrissant un cœur elle fait une œuvre pour la vie ou pour la mort. Si elle est fidèle à sa vocation, elle verra sortir de sa main l'homme régénéré. Mais si elle est inférieure à sa tâche, son fils restera l'homme de la chute. Toute mère est pleine de tendresse pour l'enfant qu'elle a mis au monde. Mais beaucoup, faute d'une préparation suffisante, soignent plutôt l'être physique que l'être moral. C'est pourquoi nous voyons souvent dans des hommes robustes des âmes lâches. Ces hommes n'ont pas commencé de bonne heure à converser avec Dieu. Les soins matériels ont distrait leur attention. Ils sont donc incapables de regarder en haut quand il s'agit des choses de la vie supérieure. A ce moment leur intelligence s'évapore.

Dans la tâche qui consiste à se faire, l'homme a besoin d'un secours, et ce secours lui viendra à son appel. Il faut qu'il sache le demander, et il ne manquera pas de le demander s'il en a reconnu de bonne heure le besoin.

Quand on veut parler d'un ouvrier qui fait de bons ouvrages on dit qu'il aime son métier. L'amour est donc la condition première de tout succès, de toute perfection. L'éducation est l'apprentissage de la perfection humaine. Celle qui est appelée à en jeter les bases commence par faire aimer. La femme infuse par son regard le sentiment qui ne s'éteindra jamais, le premier amour. Grâce à cette magie que la Providence lui a donnée, elle ne connaîtra ni impatience, ni fatigue. Elle sera toujours prête à recommencer la même œuvre autant de fois qu'elle sera mère, autant de fois qu'elle aura une âme à former. Et elle sent grandir sa tâche quand elle façonne à sa ressemblance l'être qu'elle dresse pour la vie. On dit de ceux qui enseignent avec dévouement qu'ils apportent à l'accomplissement de leur devoir un soin maternel. L'homme, malgré toute l'application qu'il met à assujettir la femme, ne peut s'empêcher d'avouer que la sollicitude maternelle surpasse toutes les sollicitudes, et qu'on ne peut rien faire par amour sans met tre dans son cœur un peu du cœur de la femme.

Il y a un phénomène qui s'accomplit à tout instant et auquel nons ne réfléchissons pas suffisamment, c'est l'action réciproque de l'ouvrier sur la tâche et de la tâche sur l'ouvrier. De même que l'ouvrier se communique à l'ouvrage, ainsi l'ouvrage suggère quelque chose à l'ouvrier, quelque chose qui sort de l'œuvre et qui parle. Appelez cela comme vous voulez, expérience ousuggestion ; Il est indéniable que l'on reçoit à mesure que l'on donne. Quand on ne reçoit pas des hommes on reçoit des choses.

Si ce que nous recevons de la matière agit sur notre intelligence et donne une certaine marque à notre conduite, que dire de ce que nous recevons de notre action morale. L'ouvrier aime le bois qu'il dégrossit, le fer qu'il forge ; l'artiste aime l'instrument qui résonne sous ses droigts, la toile qui s'anime sous son pinceau. Plus l'homme s'applique à se communiquer aux objets qu'il soumet à son génie, et plus ces objets le passionnent. Mais l'homme civilisé peut s'oublier dans ce contact avec les choses. Il peut, tout en caressant la perfection, reculer vers l'homme primitif, retomber dans le culte de la matière. On a trouvé parmi les artistes et les savants des hommes qui disaient : Dicu n'est pas, la nature seule existe.

C'est une oblitération du sens moral. Les

plus grands esprits peuvent offrir ce specta
cle. De même que l'on peut s'oublier et se
perdre dans les sens, en se passionnant pour
son œuvre, ainsi la mère, en faisant de son
enfant une idole, peut perdre de vue l'âme
immortelle qui est confiée à ses soins et ne
considérer que les avantages passagers de
l'éducation physique. L'éducation ne doit
pas être entreprise à demi. C'est une œuvre
générale dont toutes les faces doivent être
esquissées dès la première heure. Ce procédé
régularise les opérations de l'esprit et prévient les déviations morales qui nous affli-
gent au sein de la civilisation.

Dans l'action réciproque de l'esprit sur la
matière et de la matière sur l'esprit il y a
une équilibre à maintenir, et c'est là la tâche
la plus délicate. Notre plus grande misère sur
la terre est de n'être pas sûr d'y réussir.
Mais c'est un avantage immense de savoir
que la réussite est possible. Quelqu'un me
dit à l'oreille pour me décourager : Vous avez
l'esprit changeant et la volonté fléxible, com
ment pouvez vous réussir ? Un autre, qui
habite en moi, répond : avec le secours de
Dieu.

L'homme est poussé par mille courants ;
il est encore entraîné par ses propres actions. Ii lui faut un ressort pour s'arrêter sur
la pente du mal. S'il ne l'a pas au dedans,
les circonstances ne le lui donneront pas.
L'action intérieure sera chez lui la régulari-

satrice de l'action extérieure. Ainsi, il aura moins de peine à éviter les fausses routes où se perdent ceux qui ne sont pas bien réglés intérieurement.

On ne trouve pas par soi-même le moyen d'ordonner ainsi sa vie. Ce moyen est une communication que Dieu fait à l'esprit qui l'interroge. Celle qui a appris le premier mot, éveillé la première pensée, conduira à la première méditation. Faite dans la Sainte Ecriture, cette étude préliminaire sera la gouverne de toute la vie. On y découvrira sans cesse des connaissances pour l'accomplissement de la mission à laquelle on est destiné. Il est merveilleux de constater que cette éducation convient à tous les hommes, sans distinction de race, malgré la différence des occupations, des milieux et des climats.

L'éducation aide les vocations. La tâche éducative est donc la première tâche sur la terre. La main qui l'accomplit ne déviera pas si elle est docile sous la main de Dieu.

Ils sont des précepteurs ceux-là qui, par leur savoir et leur rang, attirent les autres. Mais ils reçoivent eux-mêmes une direction invisible qui pénètre leur intelligence. Plus est pur le principe qui les fait agir, plus est sûre la direction qu'ils donnent. Notre raisonnement est impuissant à rendre cette conception du rôle éducatif de la femme sur l'esprit et sur le cœur. Il faut que Dieu

ait beaucoup aimé sa faible créature pour
l'orner ainsi de tant de faculté, pour lui rendre possible tant de perfection.

La femme est la lumière du foyer parce
qu'elle fait de son cœur une cellulle où elle
attend les nouvelles du ciel. Elle reçoit dans
la solitude des secrets qui nous sont refusés
à cause de notre peu de foi. Aussi, comprend-
elle mieux la vie intérieure, cette vie que les
évènements influencent si peu et où se réfugie l'espérance.

Il est dans la mission de la femme de dé-
couvrir les astres nouveaux qui scintillent
à l'horizon de l'humanité. La première lunet-
te de l'astronome c'est son imagination. Il
trouve dans son esprit ce qui est possible
hors de lui. La certitude qu'il porte invente
l'instrument qui doit guider ses yeux. Cette
vie cachée de la femme que Sainte-Anne a
commencé à pratiquer dès l'âge de trois ans
a illuminé la route que devait parcourir sa
divine lignée. Quelle splendeur ! Elle vient
nous faire voir ce qu'elle a vu elle-même
dans sa retraite au temple de Jérusalem.
Elle vient nous dire : voici le Livre, prenez
et lisez.

Cet exemple restera vivant. Il est un âge
où la mère sent elle-même que sa sollicitude
devient gênante. Il faut que jeunesse se
passe, il faut qu'expérience se fasse. Mais
la mère qui aura su bien faire son œuvre de
commencement saura toujours faire son

œuvre de continuation. Elle ira attendre le jeune homme au tournant de la route pour lui dire : « Mon fils, écoutez ; n'oubliez pas ce que m'a couté votre enfance. Je vous ai élevé pour être autrement. Retournez au foyer, reprenez le Livre pour revoir les vérités que je vous ai enseignées. » Celle qui a inspiré la première pensée est consolée de savoir que son ascendant, un moment diminué, subsiste.

.·.

La femme qui ne veut pas perdre son influence sur le fils qu'elle a enfanté au monde corporel et au monde spirituel, doit continuer à penser avec lui.

Ce qu'on appelle l'émancipation de la femme n'est autre chose que le droit pour elle de penser et d'agir dans un domaine qui n'est pas pas le foyer domestique. Mais toute émancipation est entourée de périls. L'esprit de la femme n'est pas fait autrement que l'esprit de l'homme. En parcourant les voies battues par l'intelligence, elle rencontrera toutes les beautés, toutes les laideurs qui nous ont enchantés et pervertis tour à tour. Elle sera exposée aux mêmes séductions, étant sujette aux mêmes tentations. Mais, pour ne pas faillir à sa mission restauratrice, qu'elle se tourne vers Sainte-Anne. Sous le regard de cette éducatrice des âges, elle trouvera la modestie des yeuv, la pureté de l'esprit et la droiture du cœur.

C'est la femme qui est appelée à généraliser le don d'écrire. Par elle on reconnaîtra que la vulgarisation de la pensée est un devoir imposé à tous. Ce ne doit pas être pour nous le privilège d'un sexe. L'affranchissement de la femme ne s'effectuera pas hors du domaine intellituel. C'est par là qu'a commencé le mouvement de régénération en faveur de la fille d'Eve. Ce changement ne diminuera en rien l'importance de l'homme, il le conduira au contraire à un meilleur usage de sa puissance. Nous abusons de notre force comme de tout ce qui nous appartient. L'ouragan qui traverse le siècle à son début vient renverser notre orgueil. Le monstre destructeur que notre science a produit semble mettre fin à notre génie. On dirait que toute notre pensée converge vers la mort. Ce pendant la vie, avec ses torturants instincts de conservation et de développement, persiste encore. C'est à présent que la mission de la femme apparaît avec toute sa beauté consolante. Il faut des œuvres récréatrices, des œuvres pleines de fraîcheur et de douceur, des œuvres qui nous apprennent de nouveau à penser avec grâce. Dans la main de la femme la littérature va réfleurir. La femme de lettres marche d'un pas allègre vers les cimes qu'elle doit occuper. La littérature, sous notre plume, a commis trop de méfaits ; elle ne sera absoute que lorsqu'elle

aura produit des œuvres réparatrices, sorties
d'une source plus pure.

Il arrivera un temps où l'on ne comptera
plus le nombre des femmes qui pensent, c'est
à-dire qui écrivent pour être lues.

La femme prend place dans la littérature.
Ce n'est pas aujourd'hui cependant que commence sa mission de penser. Elle est née
pour l'éducation de l'humanité, et la pensée
est la première chose qu'elle communique.
La mère éveille la première pensée en enseignant le premier mot. Mais la vie de l'enfant lui échappe peu à peu, à mesure que
s'accomplit l'œuvre des années. Le fils con-
tracte avec l'âge des habitudes qui dimi-
nuent, à un degré plus ou moins avancé,
l'influence de sa mère. Pour que les bons
effets de l'éducations du jeune âge ne se
perdent pas trop tôt, il s'agit de rendre durable l'influence de la mère, de la mère qui
s'inspire de l'image de Sainte-Anne.

La littérature va entrer dans l'âge féminis-
te. Notre plume a été trop souvent homicide ;
trop souvent nous l'avons tournée contre la
vérité, le droit et la justice.

Il faut maintenant, pour la transformation qui s'annonce, la mansuétude, dans les
relations humaines. Retournons à la pensée
qui rapproche, telle que l'entrevoit la femme
dans l'émanation des purs sentiments nés de
la prière et de l'amour. Celle dont la mission est d'enseigner le premier sourire met-

tra dans notre cœur la première joie, à cette
heure où nous sommes fatigués d'être tristes. C'est en marchant avec nous partout
où il y aura une idée à répandre qu'elle ra-
jeunira nos goûts. Nous ne nous arrogerons
plus d'agir sans elle et tout seuls.

Et cette femme, institutrice des écrivains
futurs, ce n'est pas la femme suspendue,
avide de science, aux lèvres du philosophe
et buvant sa parole. Le livre de la vie païen-
ne ne renferme pas la vérité éternelle. La
vérité que doit croire et répandre l'écrivain
féminin est à l'école où se sont instruites
les femmes de l'Evangile. Là se sont formées
Quiéta. Sylvia, Monique, Nonna, Aleth,
Marguerite de Médicis, Blanche de Castille.
Je ne fais que citer, parmi les disciples de
de Sainte-Anne, les femmes qui ont donné
au monde des hommes illustres, tels que
Saint Hilaire, Saint Grégoire le Grand, Saint
Augustin, Saint Grégoire de Nazianze, Saint
Bernard, Saint Charles Borromée, Saint
Louis. Mais il en est d'autres qui ont parfu-
mé le foyer domestique et qui ont donné à la
Chrétienté des millions d'âmes tout impré-
gnées de la bonne odeur de la vertu.

La littérature est la propagande par la
pensée écrite. Qui peut mieux remplir cette
tâche que la femme si elle s'y met. Elle trouve chaque jour des lumières dans la pratique du bien. Il ne serait pas trop osé de dire qu'elle est le dépositaire de l'intelligence.

Pour l'œuvre à accomplir dans ce siècle, la femme chrétienne va donner au monde une génération de penseurs. La source inépuisable de bonté qu'elle porte en son cœur à des heures de surabondance. Dans les temps de sécheresse où les hommes ne s'aiment pas, où ils se font la guerre avec férocité, la femme qui pleure rassérène l'atmosphère de colère où tout ce qui est bien s'étiole.

L'entrée de la femme dans la littérature aura pour effet de calmer les esprits irrités. Dès que nous parlons de justice sociale et de solidarité, on dit que nous faisons de la sentimentalité. Nous changeons alors de ton et de procédé pour ne pas paraître tels que nous sommes. De là tant de contradictions entre notre opinion et nos sentiments. La femme, au contraire, ne s'inquète point du reproche qu'on lui fait d'être un être de sentiment. C'est par là qu'elle exerce sa maîtrise. Une fois qu'elle sera notre émule, nous serons moins sensibles au reproche de faire de la sentimentalité. Nous verrons alors combien il est bon d'agir par le cœur.

Le progrès ne consiste pas à développer le cerveau aux dépens du cœur. La culture de l'être humain doit être progressive. Il faut que tout dans l'homme soit l'image de la vie, il faut que tout croisse en lui. Chez l'enfant la première pensée et le premier sourire naissent en même temps. Le développement complet de l'homme impliqùe la simultanéité. La collaboration de la femme dans l'œuvre littéraire en sera une attestation. Alors, l'étude de l'âme humaine nous conduira à des révélations que nous ne soupçonnons pas encore. Notre collaboratrice aura fait cette œuvre à son insu. Ce que nous accomplissons le mieux, c'est ce que nous avons entrepris par instinct et par goût.

Le rôle littéraire de la femme est donc de remettre au point ce que nos querelles ont fait dévier. Chaque fois que les générations qui naissent seront parvenues à la majorité, elles prendront la direction d'elles mêmes. Mais toujours. grâce à l'éducation première, elles chercheront l'approbation de la femme.

Le rôle de la femme n'est pas un rôle capricieux ; il est d'instinct. Mais il se perfectionne à l'école de Sainte-Anne. Ce qui consacre l'autorité des maîtres, ce sont les œuvres qu'ils ont produites ou qui sont nées de leur enseignement. Dans la parenté de notre patronne nous trouvons l'éducation parfaite. Voici l'austère Jean-Baptiste dont l'éloquence rappelle la foudre tombant sur le roc. Voici, au-dessus du précurseur, en ligne directe de Sainte-Anne, Jésus-Christ, le fils du Très-Haut. Depuis deux mille ans sa doctrine, malgré les plus formidables assauts, reste debout, toujours conquérante. C'est la doctrine de la vérité. L'atmosphère où a vécu Sainte-Anne a fait éclore l'huma-

nité nouvelle. Toutes les justes restaurations
trouvent leur principe à ce foyer de lumière
Plus on s'approche de ce foyer, plus on s'é-
claire.

Cette clarté qui illumine le penseur élevé
à l'école de Saint-Anne procède d'une source plus pure que toutes les autres clartés.
Elle se produit au dedans pour transfigurer
l'homme. Lorsque'elle parait au dehors elle
a déjà fait à l'intérieur un travail dont la
lumière extérieure n'est qu'un effet. Les disciples qui ont reçu une telle éducation re-
cherchent moins les connaissances de sur-
face que les connaissances profondes. Ils pré-
fèrent l'application à la curiosité. C'est parmi
ceux-là que l'on rencontre les penseurs qui
creusent les questions aux-quelles ils se
livrent. Ils obéissent à la voix d'en haut qui
leur dit : cherchez, vous trouverez. Ils cherchent avec cnofiance parce qu'ils ont une
promesse.

C'est ainsi qu'on doit se présenter dans la
littérature. Toutes les questions sociales se
rapportent à la destinée de l'homme. Nous
sommes appelés à réaliser notre destinée,
mais au milieu des difficultés qui naissent
de notre impatience, de nos inquiétudes. Nous
devons à nous mêmes les trois quarts de
nos échecs, parce que souvent nous courons
après nos intérêts, tandis que la sagesse
nous convie au désintéressement. Les rêves
chimériques qui flattent notre imagination

nuisent à notre raison. Nous écouterons toutes ces vérités lorsque des femmes seront venues nous les dire.

Je ne reconnais cette supériorité qu'à l'écrivain féminin qui sait garder son caractère de femme. Si notre sœur qui prend la plume pour faire l'édudation de l'opinion oublie son rôle essentiel ; si elle se laisse griser par quelques succès littéraires ; si elle veut rivaliser avec nous dans la poursuite des curiosités qui satisfont plutôt la vanité que la morale, elle tombera plus bas que nous. Elle n'est respectable que par sa moralité. Si elle s'oubliait à porter dans les régions de la pensée les laideurs auxquelles nous nous complaisons, la littérature serait avilie, honteusement blessée par sa main. Eve a été plus sévèrement punie qu'Adam ; le scandale porté par la femme dans ia littérature mériterait encore un plus dur châtiment.

La femme savante et lettrée exercera son grand apostolat en restant docilo à l'enseignement de Sainte-Anne. Elle s'étudiera encore et toujours à bien vivre. C'est la meilleure préparation à l'enseignement. La connaissance de la vie ne peut être fructueusement donnée que par la pratique qu'on en fait. Figurons nous dans une salle de conférences postscolaires où des femmes instruites vulgarisent les connaissances qu'elles ont acquises ; où elles enseignent l'art de souffrir ; où elles exposent ce qu'elles ont éprouvé elles-mêmes dans la pratique de la vie : ces professeurs de morale seront classés dans notre jugement parmi les meilleurs éducateurs.

Il se fait à tout moment dans notre esprit des confusions que nous essayons de démêler. La multiplicité de nos occupations crée ce mélange d'ombres et de lumières qui nous embarrasse si souvent et qui nous décourage au milieu de nos plus sérieuses recherches. La femme mène une vie plus simple, la vérité qui lui parle intérieurement a un accent plus profond. Et pour peu que dans la vie extérieure elle se répète les avis qu'elle a reçus d'en haut, elle réalise les plus grandes choses sans s'en apercevoir.

Pour que la femme exerce ce haut sacerdoce dans la littérature il n'est pas nécessaire qu'elle soit un écrivain abondant. Ce n'est pas par le nombre des volumes écrits que se mesure la valeur du penseur. Une œuvre forte, méditée sous les yeux de la sagesse, enseigne mieux la vérité que les dissertations les plus éloquentes sur des choses cachées. C'est d'ailleurs l'opinion de tous les docteurs, de tous les maîtres qui nous apprennent à penser.

Nous avons besoin de cette leçon de modestie. Si nos études nous sont si peu profitables, c'est que nous exagérons notre mérite. Nous n'avons pas le courage de nous surmonter et nous voulons dominer partout. La

femme au contraire sait qu'elle n'est que faiblesse, et le sentiment de sa petitesse fait ce
pouvoir qui lui permet d'élever l'enfant confié à sa garde.

∴

Et maintenant nous le savons, la conduite
dans la vie morale dépend de l'éducation. On
ne se trace pas des règles au hasard des circonstances. La vie est un clavier dont les
touches sont déjà fixées. Toujours nos impressions seront fidèlement rendues si notre
doigté est sûr. Cette paix, cette sérénité n'est
possible que s'il y a accord entre notre liberté et la volonté de Dieu. Pour éclairer
l'intelligence de ses enfants et applanir devant eux les aspérités de la route, le père
de famille conscient de sa mission ne trouve
aucun sacrifice trop lourd. Si son état de fortune le lui permet, il enverra bien loin son
fils, au risque même d'un déchirement de
cœur. Il agira ainsi avec l'espoir que son fils
un jour fera la gloire de son nom et le bonheur de sa famille.

L'éducation préoccupe toutes les sociétés,
dans l'ordre civil comme dans l'ordre politique. Un homme sans éducation ne sera jamais un homme d'Etat. Sans éducation, on
sera toujours gêné dans ses relations, in-
supportable à soi-mêmes et aux autres. Mais
il faut voir plus loin que ces convenances
qui ne sont que de bonnes manières. Une

société en décadence les pratique encore.
L'éducation qu'il nous faut, c'est celle où l'on
se dit : plus haut, toujours plus haut. Elle
forme, celle-là, les grands caractères, dans
la famille du citadin comme dans celle du
paysan. On peut l'acquérir même dans la
pauvreté.

Si nous considérons la fin de la mission de
Sainte-Anne, nous verrons que dans toutes
les conditions l'accomplissement de la tâche
du bien vivre est possible. Sans fortune, elle
avait fait de son enfant une jeune fille accomplie, qui aurait pu honorer le trône le plus
illustre, C'est à un honnête ouvrier que la
jeune fille s'est fiancée. Mais cet ouvrier était
si pur qu'un lis avait fleuri dans sa main.
C'est une prédication éternelle pour les âmes
qui cherchent le bonheur dans le mariage.

Jeune homme qui demandez une compagne
pour vos jours, ne vous arrêtez pas à la
fraîcheur, à la beauté. Tout ce qui est fleur se
fane avec le temps ; la vertu seule se forti-
fie dans l'épreuve. Et vous, jeune fille, qui
avez le rêve légitime d'être appelée un jour
madame, ne donnez votre préférence ni à la
richesse ni au nom. Une transaction peu ré-
fléchie, un accident imprévu détruit la richesse. Tous les grands noms ont leurs éclip-
ses. Celui que vous choisiriez à cause de son
éclat serait peut-être à la veille de se ternir.
Exigez de celui qui sollicite votre cœur, des
mœurs pures, une conscience droite.

Et je reviens à vous, jeune homme, pour vous faire une dernière récommandation. Ne considerez pas le mariage comme une loterie. N'écoutez pas ceux qui disent: l'homme élève sa femme jusqu'à lui ou la fait descendre à son niveau. Ce langage laisse trop de marge au doute pour être vrai. Je ne vous dis pas de refuser les avantages qui peuvent vous donner de l'avancement, mais cherchez avant tout les qualités, les vertus qui font la femme forte. Au lendemain du mariage le mieux assorti, il y a des illusions qui tombent devant la réalité. Mais si vous avez su bien choisir votre compagne, vous ne serez jamais pour elle une déception. Elle vous pardonnera d'être imparfait. Vos défauts fussent-ils bien grands, elle vous aidera à les corriger, sans essayer cependant de changer son rôle d'obéissance en celui de commandement. Dans les jours de tristesse elle aura pour vous les prévenances d'une sœur et l'héroïsme d'une mère. Avec elle vous serez fort.

POSTFACE

Notre conférence était déjà sous presse lorsque est survenue la mort de Monsieur CRÉPIN. Ce douloureux évènement a contrarié le projet d'illustrer la présente brochure par des vues montrant le Morne-à-Tuf ancien et le Morne-à-Tuf nouveau.

J.

Imprimerie de l'ABEILLE, Port-au-Prince

DU MÊME AUTEUR

De l'Éducation populaire 1882
Le Christianisme 1891
L'Association du Centenaire de l'Indépendan-
   ce Nationale et l'École du soir. 1893
L'Association ouvrière (Rapport). 1893
Instruction et Travail 1894
L'Effort. 1905
La Culture intellectuelle et la Charité. . . . 1908
Requête du citoyen Jérémie 1912
Mission de l'Homme dans la vie 1916
La Paroisse de Sainte-Anne — Le Morne à-Tuf 1922

9 782329 176963